# UMA VEZ

UMA VEZ

# MORRIS GLEITZMAN

# UMA VEZ

**Todo mundo merece ter alguma coisa boa na vida pelo menos uma vez**

*Tradução*
Marília Garcia

12ª edição

Paz & Terra
Rio de Janeiro
2024

Copyright © Creative Input Pty Ltd, 2005, first published by Penguin Australia 2005
Copyright de tradução © Paz e Terra, 2017

Título original: *Once*

Os direitos desta edição foram negociados com a Penguin Randon House Australia por intermédio de Seibel Publishing Services Ltd.

Direitos de edição da obra em língua portuguesa no Brasil adquiridos pela EDITORA PAZ E TERRA. Todos os direitos reservados. Nenhuma parte desta obra pode ser apropriada e estocada em sistema de bancos de dados ou processo similar, em qualquer forma ou meio, seja eletrônico, de fotocópia, gravação etc., sem a permissão do detentor do copyright.

A editora agradece a contribuição de Cristiane Pacanowski nesta edição.

Crédito da foto do autor: Penguin Random House Australia.

Editora Paz e Terra Ltda.
Rua Argentina, 171, 3º andar – São Cristóvão
Rio de Janeiro, RJ – 20921-380
http://www.record.com.br

Seja um leitor preferencial Record.
Cadastre-se e receba informações sobre nossos lançamentos e nossas promoções.

Atendimento e venda direta ao leitor:
sac@record.com.br

Texto revisado segundo o novo Acordo Ortográfico da Língua Portuguesa.

---

CIP-BRASIL. CATALOGAÇÃO NA FONTE
SINDICATO NACIONAL DOS EDITORES DE LIVROS, RJ

G467u

Gleitzman, Morris
    Uma vez/Morris Gleitzman; tradução de Marília Garcia. – 12ª ed. –
    Rio de Janeiro: Paz e Terra, 2024.
    160 p.; 21 cm.

    Tradução de: Once
    ISBN: 978-85-775-3364-0

    1. Ficção inglesa. I. Santos, Marília Garcia. II. Título.

16-38811

CDD: 823
CDU: 821.111-3

---

Impresso no Brasil
2024

Para todas as crianças que não tiveram sua história contada.

Para quienes y a saben que LW 1751 sus historia terminada.

Uma vez eu estava morando em um orfanato no alto de uma montanha, mas não era ali que eu deveria estar, e por pouco não criei uma confusão.

Foi tudo por causa de uma cenoura.

Sabe quando uma freira está segurando uma panela enorme de metal, servindo sopa pelando no seu prato, e pede que você chegue mais perto para não derramar nada, e o vapor deixa seus óculos completamente embaçados, e você não pode limpá-los porque está segurando a bandeja, mas as lentes não desembaçam nem se você implorar a Deus, a Jesus, à Virgem Maria, ao papa e a Adolf Hitler?

É o que está acontecendo comigo.

Dou um jeito de achar o caminho até a mesa. Vou me guiando pelos sons.

Dodie, o menino que sempre senta ao meu lado, tem os dentes tortos e por isso toma sopa fazendo barulho. Levanto a bandeja acima da cabeça, para que as outras crianças não provem da minha sopa enquanto meus óculos estiverem embaçados, e me guio pelos barulhos que Dodie faz.

Vou tateando a beirada da mesa, coloco a bandeja em cima dela e limpo os óculos.

Bom, nesse momento, vejo a cenoura.

Ela é enorme e está boiando na minha sopa, bem no meio do repolho e das gotas de gordura de porco e de algumas lentilhas solitárias, e dos pedaços de reboco cinza do teto da cozinha.

Uma cenoura inteirinha.

Não acredito. Estou neste orfanato há três anos e oito meses e nunca, nunca mesmo, ganhei uma cenoura inteira no jantar. Aqui ninguém mais ganhou. Nem mesmo as freiras ganham cenouras inteiras, e olha que as porções servidas a elas são mais generosas do que as das crianças, pois as freiras precisam de energia extra, já que são santas.

Aqui na montanha não conseguimos plantar legumes. Nem se rezarmos muito. Por causa das geadas. Então, quando uma cenoura inteira aparece, primeiro ficamos admirando, depois ela é cortada em muitos pedaços para que todo mundo — sessenta e duas crianças, onze freiras e um padre — possa ganhar uma provinha.

Fico olhando fixo para a cenoura.

Neste momento exato devo ser a única criança na Polônia que ganhou uma cenoura inteira no jantar. Durante alguns segundos, acho que é um milagre. Mas não pode ser, pois milagres só aconteciam bem antigamente, e agora estamos em 1942.

Então entendo o que essa cenoura significa e tenho que me sentar, pois minhas pernas ficaram bambas.

Não consigo acreditar.

Finalmente. Obrigado, Deus, Jesus, Maria, o papa e Adolf Hitler. Esperei tanto tempo por isso.

É um sinal.

Essa cenoura é um sinal enviado por minha mãe e meu pai. Eles mandaram meu legume preferido para me avisar que enfim conseguiram resolver os problemas. Para que eu soubesse que, depois de longos três anos e oito meses, as coisas estão, finalmente, melhorando para os livreiros judeus. Para me dizer que eles já estão vindo me buscar e que vamos voltar para casa.

É isso.

Enfio os dedos na sopa e agarro a cenoura, me sentindo tonto de tanta emoção.

Por sorte, as outras crianças estão muito concentradas no próprio prato, dando colheradas famintas na sopa e espiando para ver se encontram um pontinho de carne ou um pontinho de cocô de rato.

Preciso ser rápido.

Se os outros virem a cenoura que ganhei, vão criar uma confusão de tanta inveja.

Estamos em um orfanato. Todo mundo aqui supostamente perdeu os pais. Se as outras crianças descobrirem que os meus pais não morreram, vão ficar muito chateadas, e as freiras podem ficar em apuros com a direção da Igreja Católica em Varsóvia por terem quebrado as regras.

— Felix Saint Estanislau.

Quase deixo a cenoura cair. Ouço um estrondo vindo da mesa dos superiores. É a madre Minka com seu vozeirão falando comigo.

Todo mundo olha para mim.

— Não brinque com a comida, Felix — me repreende a madre Minka. — Se encontrou um inseto no prato, engula e fique satisfeito.

As outras crianças me encaram. Algumas forçam um riso. Outras franzem as sobrancelhas tentando entender o que está acontecendo. Eu tento disfarçar e não parecer alguém que acabou de guardar uma cenoura no bolso. Estou tão feliz que não ligo que meus dedos estejam ardendo depois de ter colocado a mão na sopa quente.

Finalmente, minha mãe e meu pai estão vindo.

Já devem estar na cidade. Acho que mandaram a cenoura pelo padre Ludwik para me fazer uma surpresa.

Quando todo mundo volta a comer, dou um sorriso para agradecer à madre Minka. Como ela é boa. Contou uma piada para distrair todo mundo da minha cenoura.

Meus pais escolheram este orfanato por dois motivos: porque era o mais próximo e pela bondade da madre Minka. Quando me trouxeram para cá, contaram que durante os anos em que ela era cliente da livraria deles, muito tempo antes de as coisas ficarem difíceis para os livreiros judeus, a madre Minka nunca criticava os livros.

A madre Minka não nota meu sorriso, ela está muito ocupada olhando para a mesa de Saint Kazimierz, então dou um sorriso para agradecer à irmã Elwira, que também não percebe, pois está muito ocupada servindo as últimas crianças e consolando uma menina aos prantos porque achou na sopa um pedaço de gesso do teto.

Essas freiras são tão gentis. Vou sentir falta delas quando minha mãe e meu pai me levarem de volta para casa e eu deixar de ser católico e voltar a ser judeu.

— Você não vai querer? — pergunta uma voz ao meu lado.

Dodie está olhando para o meu prato. O dele está vazio. Ele lambe os beiços e tem esperanças de poder ficar com a minha sopa.

Atrás dele, Marek e Telek estão zombando.

— Cresça, Dodek — diz Marek, mas nos seus olhos tem um pinguinho de esperança de também poder ficar com um pouco da minha sopa.

Parte de mim quer dar a sopa a Dodie porque os pais dele ficaram doentes e morreram quando ele tinha 3 anos. Mas estamos vivendo tempos difíceis, e a comida é escassa, e mesmo quando estamos com a barriga cheia de alegria temos que forçar a barra para engolir.

Eu engulo.

Dodie dá um sorriso forçado. Ele sabia que eu queria a sopa. A possibilidade de deixar comida no prato é tão maluca que faz a gente rir.

Então eu paro. Logo terei que me despedir de todo mundo aqui. Fico triste. Quando as outras crianças perceberem que meus pais estão vivos, vão saber que não fui totalmente sincero com elas. Isso me faz ficar ainda mais triste.

Digo para mim mesmo que não posso ser bobo. Eles não são meus amigos de verdade. Não dá para ter amigos quando estamos levando uma vida secreta. Com amigos você corre o risco de ficar tão relaxado que acaba deixando escapar alguma coisa, e então eles ficam sabendo que você estava só contando história.

Mas com Dodie é diferente, é como se ele fosse meu amigo.

Enquanto termino a sopa, tento pensar em algo de bom que eu possa fazer por ele. Algo para mostrar que estou feliz por tê-

-lo conhecido. Algo para tornar sua vida aqui um pouco melhor depois que eu for embora, depois que eu tiver voltado para a minha casa, com os meus livros e os meus pais.

Já sei o que eu posso fazer pelo Dodie.

Chegou a hora. A seleção para o banho acabou de começar.

A madre Minka está em pé na frente, vendo se o Jozef está precisando de um banho. Ele está tremendo. Todos nós estamos tremendo. Este banheiro é gelado, até no verão. Deve ser porque é enorme e fica no subsolo. Antigamente, quando o convento foi construído, este banheiro devia ser usado para patinação no gelo.

Segurando a ponta da corda de seu hábito, a madre Minka aponta para o dormitório. Jozef agarra suas roupas e sai correndo, aliviado.

— Porco sortudo — fala Dodie, em um calafrio.

Eu saio da fila e vou até a madre Minka.

— Com licença, madre — digo.

Ela não parece ter me visto. Agora chegou a vez de Borys ser inspecionado, e ele tem metade da terra do pátio embaixo das unhas. E mais um pouco na axila. Vejo que a madre Minka está quase apontando a corda de seu hábito na direção da banheira.

Ai, não, estou atrasado.

Então a madre Minka se vira para mim.

— O que foi? — pergunta.

— Por favor, madre Minka — digo, apressado. — Será que o Dodek pode tomar banho primeiro?

12

Os garotos atrás de mim na fila começam a resmungar. Não olho para o Dodie. Sei que ele vai entender o que estou tentando fazer.

— Por quê? — pergunta a madre Minka.

Eu me aproximo dela. É um assunto só nosso.

— Você sabe que os pais do Dodek ficaram doentes e morreram — digo. — Bom, Dodek decidiu que quer ser médico e dedicar a vida a exterminar todas as doenças do mundo. Então, como futuro médico, ele precisa se acostumar a ser muito higiênico e a se lavar em água muito quente e limpa.

Seguro a respiração e espero que Dodie não tenha me ouvido. Ele na verdade quer trabalhar em um matadouro de porcos e estou com medo que fale alguma coisa.

A madre Minka me olha.

— Volte para a fila — diz ela.

— É verdade, ele tem que ser o primeiro do banho toda semana — comento. — Para ser médico.

— Agora! — ela explode.

Eu não discuto. Não com a madre Minka. Freiras podem ter bom coração e ainda assim serem agressivas.

Ao passar por Dodie, ele me olha com gratidão. Retribuo com um olhar de desculpas. Sei que ele não se incomodaria com a história de querer ser médico. Ele gosta das minhas histórias. Além disso, acho que ele seria um bom médico. Certa vez, depois de ter arrancado as patas de uma mosca, ele conseguiu colar duas de volta.

Nossa, este chão de pedra é realmente gelado para pés descalços.

Está aí uma coisa que o Dodie podia fazer. Desenvolver sistemas de aquecimento de banheiro. Aposto que no ano 2000 todos os banheiros do mundo serão aquecidos. O chão e tudo o mais. E haverá robôs que vão tirar os galhos e a areia da água do banho.

Olha só, Borys é o primeiro a tomar banho e a água já ficou marrom. Estou só imaginando como estará quando chegar a minha vez. Fria e com mais coisas sólidas do que a nossa sopa.

Fecho os olhos e penso nos banhos que minha mãe e meu pai me davam. Na frente da lareira, com água limpa, carinhos e muitas e muitas histórias.

Não vejo a hora de ter um banho desse outra vez.

Mãe, pai, venham logo!

UMA VEZ passei a noite inteira acordado esperando minha mãe e meu pai chegarem.

Eles não chegaram.

Ainda não.

Mas está tudo bem. À noite ninguém se atreve a subir aquela estrada estreita e pedregosa que vem da cidade, a não ser o padre Ludwik. Ele diz que ele e o cavalo são ajudados por Deus a encontrar o caminho.

Minha mãe e meu pai nunca foram muito religiosos, então não se arriscariam a vir a essa hora.

Eles vão chegar quando amanhecer.

Só não sei se eles vão conseguir me reconhecer depois de três anos e oito meses.

Sabe quando você corta o cabelo ou um dente seu cai e seus pais o tratam como se você fosse filho do sapateiro que trabalha ali na esquina?

Aqui no orfanato eu mudei ainda mais. Quando cheguei, era gordinho e pequeno, com sardas e banguela. Agora tenho quase o dobro do tamanho, uso óculos e tenho todos os dentes.

Apoio o rosto contra a vidraça fria da janela que fica em cima da minha cama e olho para o céu, que começou a clarear, e digo a mim mesmo para não ser bobo. Então, me lembro do que a minha mãe e o meu pai disseram quando me trouxeram para cá.

— A gente não vai esquecer você — sussurrou minha mãe, em meio às lágrimas.

Entendi perfeitamente o que ela estava dizendo. Que eles não se esqueceriam de vir aqui me buscar assim que tivessem resolvido os problemas com a livraria.

— A gente nunca vai esquecer você — disse meu pai, com a voz rouca.

E eu também entendi direitinho o que ele estava falando. Que mesmo que eu tivesse mudado muito, eles ainda me reconheceriam.

O sol despontou por detrás dos portões do convento. Agora que começou a ficar claro lá fora, já não estou mais tão ansioso.

Até porque, se der tudo errado, tenho meu caderno.

A capa está um pouco manchada porque, uma vez, precisei arrancá-lo do Marek e do Borys em uma aula para eles não lerem, e acabou respingando um pouco de tinta em cima. Mas, fora isso, ele está novinho como no dia em que o ganhei de presente dos meus pais. É o único caderno com capa de papelão amarelo nesse lugar, então com certeza minha mãe e meu pai vão me reconhecer se eu o estiver segurando quando chegarem.

E quando lerem o caderno vão saber que sou o filho deles, porque escrevi um monte de histórias sobre os dois. Sobre as viagens que eles fizeram pela Polônia tentando descobrir por que de repente o estoque da livraria se tornou tão suspeito. E sobre uma vez que meu pai teve que lutar com um javali que estava devorando os autores. E sobre uma vez que a minha mãe resgatou a impressora de livros sequestrada por piratas. E sobre uma vez que meus pais atravessaram a fronteira alemã para buscar vários livros muito bons que estavam servindo de apoio para os pés das mesas.

Tudo bem, é verdade que a maior parte das histórias é um pouco exagerada, mas mesmo assim eles vão se reconhecer e saber que eu sou o filho deles.

Que barulho é esse?

É um tipo de carro ou caminhão, daqueles que não precisam de cavalos para puxar, pois têm um motor. Ele sobe o morro trepidando. Consigo ouvir que está se aproximando.

A irmã Elwira e a irmã Grazyna vão para o pátio abrir os portões.

Mãe, pai, finalmente vocês chegaram.

Estou tão agitado e ofegante que acabo embaçando a janela e os meus óculos. Limpo os dois com uma das mangas do pijama.

Um carro entra no pátio fazendo um barulhão.

Minha mãe e meu pai devem ter trocado a velha carroça da livraria por ele. Era de esperar! Eles sempre foram modernos. Nossa livraria foi a primeira da cidade a ter uma escada de mão.

Mal consigo respirar.

Enquanto isso, metade das crianças do dormitório já acordou e também está aqui com o rosto apoiado nas janelas. A qualquer momento, todo mundo vai ver minha mãe e meu pai.

De repente, já não me importo se todo mundo souber o meu segredo. Talvez isso dê às outras crianças alguma esperança de que as autoridades tenham cometido algum engano e, no fim das contas, os pais delas não estejam mortos.

Que estranho. Mesmo sem conseguir ver direito porque as janelas do carro estão embaçadas, percebo que tem mais de duas pessoas dentro do carro. Meus pais devem ter dado uma carona ao padre Ludwik. E a mais alguns parentes dele que gostam de passear.

Não consigo ver minha mãe e meu pai.

Levanto meu caderno para que eles me enxerguem. As portas do carro se abrem e as pessoas saem.

Eu fico paralisado, desapontado.

Minha mãe e meu pai não estão ali, são apenas uns homens uniformizados e usando umas braçadeiras.

— Felix — diz Dodie me agarrando com desespero quando saio do dormitório —, preciso da sua ajuda.

Eu me viro para ele com o olhar suplicante. Será que ele não percebe que também estou fazendo algo urgente? Estou tentando descobrir com a madre Minka se a minha mãe e o meu pai enviaram um bilhete com a cenoura, dizendo exatamente quando vão chegar. Levo a cenoura para refrescar a memória da madre Minka.

— É que o Jankiel está escondido no banheiro — avisa Dodie.

Solto um suspiro. Tem só duas semanas que o Jankiel está aqui e ele ainda fica muito nervoso quando chega gente estranha.

— Diz para ele não se preocupar — falo para Dodie. — Os homens no carro devem ser oficiais enviados pelo escritório central da Igreja Católica. Devem ter vindo conferir se nossos pais morreram mesmo. Eles já vão embora.

Dou de ombros, com um ar despreocupado, para que Dodie não perceba quanto estou nervoso com a presença dos oficiais. E como estou desesperado querendo que a madre Minka se lembre da história que combinamos de contar sobre os meus pais. Que eles morreram em um acidente na fazenda. Tragicamente.

— Jankiel não está se escondendo dos homens do carro — explica Dodie. — Ele está se escondendo do esquadrão da tortura.

E aponta para Marek, Telek, Adok e Borys, todos amontoados dentro do banheiro.

— Venha — diz Dodie. — Temos que salvá-lo.

Dodie tem razão. Não podemos deixar Jankiel à mercê do esquadrão da tortura. Marek e os outros estão na cola dele desde o dia em que chegou. Em três anos e oito meses, Jankiel é o primeiro garoto que eles têm chance de torturar.

Desde que eu cheguei aqui.

Dodie empurra a porta do banheiro. Entramos. Marek, Telek, Adok e Borys colocaram Jankiel ajoelhado. O menino está implorando. A voz dele faz um pouco de eco porque enfiaram metade da sua cabeça dentro da privada.

— É melhor você não fazer força — avisa Telek a Jankiel. — Não vai doer nada.

Telek está errado. Vai doer, sim. Doeu quando eles fizeram o mesmo comigo, há três anos e oito meses. Ficar com a cabeça enfiada na privada é algo que sempre dói.

— Espere! — eu grito.

O esquadrão da tortura se vira e olha para mim.

Sei bem que tudo o que eu disser agora pode salvar ou não o Jankiel. No meio do desespero tento pensar em alguma saída.

— Um cavalo esmagou os pais dele — digo.

Agora o garoto novo também está me encarando.

Seguro meu caderno com força e deixo a imaginação fluir.

— Um cavalo de arado, bem grande, teve um ataque do coração no meio da lama e caiu em cima dos pais dele. Era um cavalo pesado demais, por isso ele não conseguiu tirar os pais dali debaixo, então precisou ficar cuidando deles durante um dia inteiro e uma noite inteira enquanto, aos poucos, o fiapo de vida que ainda restava ia abandonando seus pais. E vocês sabem quais foram as últimas palavras deles na hora da morte?

O esquadrão da tortura não tem a menor ideia.

Nem o menino.

— Eles pediram que o filho rezasse por eles todos os dias sempre na hora exata em que morreram — digo.

Espero o sino terminar de dar a sétima badalada e completo:

— Às sete horas da manhã.

Todo mundo está assimilando a informação. O esquadrão da tortura parece indeciso, mas não está mais empurrando ninguém para dentro da privada, o que já é bom.

— Aposto que essa é só mais uma das suas invenções — desdenha Telek, mas dá para ver que ele não tem tanta certeza assim.

— Rápido — fala Dodie. — Estou ouvindo a madre Minka.

E isso também é uma invenção, porque a madre Minka está lá embaixo no pátio com os oficiais. Mas Marek e os outros parecem ainda mais indecisos. Eles se entreolham e saem correndo do banheiro.

Dodie se vira para Jankiel, cansado:

— Nós não falamos para você não entrar aqui sozinho?

Jankiel vai responder, mas fecha a boca. Então espia atrás de nós, tentando ver o pátio.

— Eles já foram embora? — pergunta.

Dodie concorda balançando a cabeça e aponta para o dormitório.

— Borys está enchendo a sua cama de lama — avisa ele.

— Estou perguntando dos homens no carro — diz Jankiel.

Ele parece tão amedrontado agora como estava diante do esquadrão da tortura.

— Eles já vão embora — digo. — A madre Minka está negociando com eles.

Jankiel fica um pouquinho menos nervoso, mas só um pouquinho. Eu me pergunto se os pais dele também estão vivos e ninguém sabe.

— Obrigado por me salvar — diz ele. — Foi boa essa história dos meus pais serem esmagados.

— Desculpe se ela trouxe más lembranças — digo.

— Não — diz Jankiel. — Meus pais morreram congelados.

Eu olho para ele. Se for verdade, é horrível. O banheiro da casa deles devia ficar do lado de fora ou algo assim.

Jankiel olha para o meu caderno.

— Você inventa muitas histórias? — pergunta ele.

— Às vezes.

— Eu não sou muito bom em contar histórias — comenta.

Quando entramos no quarto, fico me perguntando se Jankiel é judeu. Ele tem olhos pretos como os meus. Mas não pergunto nada. Se ele for, não vai admitir. Não neste lugar.

Dodie fica com Jankiel, que está espiando pela janela de novo, e eu saio, esperando que a madre Minka já tenha se livrado dos oficiais para que eu possa perguntar a ela sobre meus pais.

Enquanto desço as escadas, olho pela janela.

No pátio, a madre Minka está discutindo com os homens. Ela agita os braços, algo que só costuma fazer nos dias em que está muito mandona.

Paro e observo.

Que fumaça é aquela?

É uma fogueira. Os homens estão fazendo uma fogueira no pátio. Por que eles estão fazendo isso? Não pode ser para se aquecer, pois o sol já está alto e hoje vai ser um dia quente.

Consigo ver que a madre Minka está furiosa. A fumaça está entrando na capela, nas salas de aula e no dormitório das meninas.

Ai, não! Acabo de ver o que os homens estão queimando.

É horrível.

Se a minha mãe e o meu pai vissem isso, começariam a chorar.

As outras freiras desceram para o pátio e algumas estão cobrindo o rosto com as mãos.

Estou muito chateado.

Os homens estão queimando livros.

Uma vez, há alguns anos, vi um cliente na livraria da minha mãe e do meu pai estragando os livros. Arrancando as páginas. Amassando os exemplares. Gritando coisas que eu não entendia.

Minha mãe chorava. Meu pai estava furioso. Eu também. Se um cliente não estiver satisfeito com o livro ele deve pedir o dinheiro de volta, e não dar uma de doido.

Esses homens são tão malvados. Estragam os livros com crueldade e perversão e ainda por cima riem.

Por quê?

Só porque a madre Minka é um pouco mandona? Isso não é motivo para destruir as coisas que ela mais ama no mundo, além de Deus, de Jesus, da Virgem Maria, do papa e de Adolf Hitler.

Espere um pouco, aquelas caixas de madeira que os homens estão arremessando são as caixas de livros da nossa biblioteca.

Agora eu entendi.

Na semana passada mesmo, a madre Minka estava reclamando conosco, os assistentes da biblioteca, dizendo que a biblioteca estava muito bagunçada e precisava de uma arrumação. Ela deve ter ficado cansada de esperar que a gente fizesse alguma coisa e chamou bibliotecários profissionais, com braçadeiras de bibliotecários profissionais. Eles reorganizaram tudo, e agora esse pessoal está queimando os livros que sobraram.

Não é de estranhar que a madre Minka esteja tão chateada. Aposto que ela não deu permissão a eles para fazerem isso.

Eu, minha mãe e meu pai teríamos ficado com aqueles livros. Amamos todos os livros, mesmo os velhos e esfarrapados.

Não consigo mais ver.

Dou as costas para a fumaça e as chamas e saio correndo para o gabinete da madre Minka. Em vez de me arriscar a falar com ela sobre meus pais lá fora, vou esperá-la voltar.

Fico aguardando ao lado da mesa dela.

De repente, tem alguém gritando comigo. Não é a voz da madre Minka, é a voz de um homem, e ele está gritando em outra língua.

Eu me viro para ele, tremendo.

Na porta, parado, vejo um dos bibliotecários. Ele me encara e está muito nervoso.

— Isso aqui não é um livro da biblioteca — digo, apontando para o meu caderno. — É um caderno.

O bibliotecário franze a testa, nervoso, e dá um passo na minha direção.

Estou confuso. Por que a madre Minka contrataria bibliotecários estrangeiros? Talvez pessoas que não falem polonês sejam bibliotecários mais organizados porque não têm a tentação de ler os livros antes de arrumá-los.

A madre Minka entra na sala às pressas. Ela parece muito triste. Começo a achar que não é um bom momento para perguntar sobre a minha mãe e o meu pai.

— O que você está fazendo aqui? — pergunta ela.

Não posso dizer a verdade na frente do bibliotecário, então tento explicar que vim me certificar de que nenhuma faísca da fogueira entrasse e queimasse os móveis ou os papéis do gabinete dela. Mas agora que ela e o bibliotecário estão me encarando, não consigo pronunciar as palavras.

— Hum... — digo.

— Lembrei agora, Felek — diz a madre Minka. — Pedi que você viesse aqui pegar seu caderno. Agora que está com ele, suba.

Olho para ela, confuso.

Por que está me chamando de Felek? Meu nome é Felix.

Melhor não esperar para tentar entender o porquê. Vou em direção à porta. O bibliotecário olha para mim com o cenho franzido. A madre Minka continua com um olhar severo. Mas, quando passo pertinho dela, percebo que está muito preocupada.

De repente ela agarra a minha orelha.

— Vou cuidar de você — diz ela.

Ela me arrasta pelo corredor, mas, em vez de me puxar escada acima, ela abre a porta da cozinha e me empurra para dentro.

Só estive na cozinha poucas vezes depois de ter levado um castigo por falar durante a aula e tive que ficar lá tirando o mofo do pão. Tinha esquecido que ali tem um delicioso cheirinho de sopa.

Mas hoje não tenho a sorte de poder aproveitar isso.

A madre Minka fechou a porta e se abaixou para que seu rosto ficasse na mesma altura que o meu. Ela nunca fez isso antes, nunquinha.

Por que será que ela está tão estranha hoje?

Talvez a pessoa que tirou o mofo do pão do jantar de ontem não tenha feito o trabalho direito. Dodie sempre diz que comer mofo de pão pode fazer mal para a cabeça.

— Deve estar sendo difícil para você — diz ela. — Espero que você não tenha visto o que eles estão fazendo lá fora. Não achei que aqueles brutos se dariam ao trabalho de vir até aqui, mas parece que cedo ou tarde eles acabam indo a todos os lugares.

— Os bibliotecários? — pergunto, confuso.

— Nazistas — diz a madre Minka. — Não faço ideia de como eles sabiam que eu tinha livros judaicos aqui. Mas não se preocupe. Eles não vão suspeitar de que você é judeu.

Eu a encarei.

Esses nazistas, ou seja lá como se chamam, ficam indo aos lugares para queimar livros judaicos?

De repente sinto uma pontada de medo por meus pais.

— Quando meus pais enviaram a cenoura, eles disseram quando chegariam aqui? — pergunto.

A madre Minka fica me olhando com tristeza durante um tempo. Coitada. Esquecer meu nome já foi bem ruim. Agora ela esqueceu o que a minha mãe e o meu pai disseram.

— Felix — diz ela —, seus pais não enviaram a cenoura.

Desesperado, tento identificar algum sinal de mofo de pão no olhar da madre Minka. Deve ser isso. Ela não mentiria, pois senão teria que ir se confessar com o padre Ludwik.

— Foi a irmã Elwira que colocou a cenoura na sua sopa — explica a madre Minka. — Ela fez isso porque... bem, a verdade é que ela tem pena de você.

De repente sinto que estou tomado pela loucura do mofo de pão.

— Não é verdade! — eu grito. — Minha mãe e meu pai enviaram a cenoura como um sinal.

A madre Minka não fica brava nem reage com violência. Ela segura meu braço delicadamente com sua mão grande.

— Não, Felix, eles não enviaram — diz ela.

Sinto que estou entrando em pânico. Tento soltar o braço. Ela está segurando firme.

— Coragem — diz ela.

Não consigo ter coragem. Só consigo pensar em uma coisa horrível.

Minha mãe e meu pai não estão vindo me buscar.

— Só podemos rezar — diz a madre Minka. — Só podemos acreditar que Deus e Jesus e a Virgem Maria e nosso santo pai em Roma vão manter todos a salvo.

Mal consigo respirar.

De repente percebo que é ainda pior do que eu pensava.

— E Adolf Hitler? — pergunto a ela num sussurro. — O padre Ludwik diz que Adolf Hitler também nos mantém salvos.

A madre Minka não responde, apenas contrai os lábios e fecha os olhos. Fico contente porque assim ela não pode ver o que eu estou pensando.

Tem uma gangue de malfeitores viajando pelo país queimando livros. No lugar da Europa em que estiverem, meus pais provavelmente não têm a menor ideia de que seus livros estão correndo perigo.

Tenho que achar os dois para contar a eles o que está acontecendo.

Mas primeiro tenho que ir até a livraria esconder os livros.

*

Dodie abre bem os olhos, embora estejamos ajoelhados, fingindo que rezamos.

— Judeu? — pergunta ele. — Você?

Faço que sim com a cabeça.

— O que é ser judeu? — pergunta.

É arriscado demais tentar explicar todos os aspectos históricos e geográficos relacionados a isso. Já passei quase toda a reza contando a Dodie sobre a minha mãe e o meu pai e explicando por que eu preciso ir embora. O padre Ludwik acabou de se virar, e ele tem os olhos como os daquele santo que enxerga muito bem.

— Ser judeu é como ser católico, só que um pouco diferente — cochicho.

Dodie pensa um pouco. E me lança um olhar triste.

— Vou sentir sua falta — sussurra ele.

— Eu também — respondo.

Dou a cenoura a ele. Está um pouco molenga e esmagada, mas quero que seja dele porque Dodie não tem mãe nem pai que possam lhe dar uma cenoura.

Ele não acredita.

— É uma cenoura inteira? — pergunta.

— Quando eu voltar para visitar você, vou trazer mais — digo. — E nabo também.

Aguardo até que todos tenham ido tomar o café da manhã, depois subo escondido para o dormitório para fazer a mala.

Puxo a mala que fica embaixo da cama e a esvazio. As roupas que eu usava quando cheguei aqui são pequenas demais para mim agora, então enfio elas de volta na mala, que torno a colocar debaixo da cama. Melhor viajar sem carregar muito peso.

Tudo o que restou são os livros que eu trouxe de casa e as cartas que minha mãe e meu pai enviaram antes de começarem os problemas do correio.

Coloco os livros na cama do Dodie. São meus livros preferidos no mundo inteiro, os livros de *William*, de Richmal Crompton, que meus pais liam para mim. *William* também era a série preferida deles quando eram crianças, embora Richmal Crompton não seja uma escritora judia. Ela é inglesa. Eu achava que minha mãe e meu pai estavam traduzindo as palavras para o polonês enquanto liam, mas depois descobri que alguém já tinha feito isso.

Sempre adorei as histórias de William. Ele tenta fazer coisas boas, e mesmo que crie uma confusão ou que fique insuportável, a mãe e o pai dele nunca o abandonam.

Dodie sabe que eu nunca lhe daria esses livros para sempre. Quando encontrar todos eles em sua cama vai entender que vou voltar para lhe fazer uma visita.

Pego meu caderno, arranco uma página em branco e escrevo um bilhete.

Querida madre Minka,

Muito obrigado por ter me acolhido. Por favor, não se preocupe comigo, eu vou ficar bem. Será que o Dodie poderia ficar com a minha sopa?

Cordialmente,

Felix

Guardo meu caderno, o lápis e as cartas dentro da camisa. Estou pronto.

Dou uma espiada pela janela. O sol está brilhando. Os nazistas foram embora. O pátio está quase vazio, tem apenas um monte de cinzas e alguns livros queimados.

Se eu for rápido, consigo sair antes que alguém termine o café da manhã.

Passo com pressa pelas outras camas, tentando não ficar triste por estar indo embora. Quando estou quase saindo do dormitório, alguém para bem na porta, impedindo minha passagem.

Jankiel.

— Não vá embora — diz ele.

Olho para Jankiel com uma confusão de pensamentos. Ele deve ter ouvido quando contei a Dodie sobre meus planos de ir embora. Lembro que ele me perguntou sobre inventar histórias. Ele deve querer que eu fique para lhe ensinar a inventar histórias.

Reparo que ele está desesperado. Coitado. Precisando esquecer de vez que o esquadrão da tortura tentou colocar a cabeça dele na privada.

— Você já sabe como inventar histórias — digo.

— O quê? — pergunta ele.

— Histórias — falo. — Metade das meninas do dormitório de Santa Edviges ainda está pensando naquela história que você contou quando estávamos na fila para a capela. Sobre tudo o que você teve que fazer para tentar tirar o cavalo de cima dos seus pais. Guindastes. Rebocadores. Balões. Foi incrível. Algumas meninas ficaram olhando para você com adoração, do jeito que as freiras olham para Jesus.

— Sério? — perguntou Jankiel com o ar contente.

— Olha — digo, pegando meu caderno. — Olha só como fica uma história quando está escrita. Exercite-se o máximo que puder e vai dar tudo certo.

Arranco uma página para ele. É uma história que conta que minha mãe e meu pai precisaram abrir caminho com facão por uma floresta na África para chegar a um vilarejo e ajudar a consertar algumas estantes.

— Obrigado — diz Jankiel.

Ele parece tão confuso e grato que sei que não vai se importar se eu pedir licença e fugir.

Mas estou enganado. Ao dar um passo adiante, ele parece desesperado e agarra meu braço.

Ai, não. Se eu tentar lutar e ele começar a gritar, qualquer freira, mesmo a cem quilômetros de distância, vai vir correndo.

— Não vá — diz ele. — É muito perigoso.

Entendo o que ele quer dizer. Se as freiras me virem saindo escondido, já era. Mas preciso arriscar.

Então me solto das garras de Jankiel.

— Tem nazistas por todo canto — avisa ele.

— Eu sei — digo. — É por isso que preciso ir embora.

O rosto de Jankiel se fecha e ele baixa os olhos.

— Não posso contar a você o que os nazistas estão fazendo, porque a madre Minka me fez jurar por Deus que eu não contaria a ninguém — comenta ele. — Ela não quer todo mundo chateado e preocupado.

— Obrigado — digo. — Mas eu sei o que eles estão fazendo. Estão queimando livros.

Jankiel parece estar fazendo um esforço enorme para se controlar. Por fim, ele solta um grande suspiro e seus ombros desmoronam.

— Por favor, não vá — diz ele. — Você vai se arrepender. Vai mesmo.

Pela primeira vez, sinto o medo me invadindo.

Eu o reprimo.

— Obrigado pelo aviso — digo. — Ter uma imaginação tão mirabolante vai ser muito útil quando você precisar inventar mais histórias.

Ele não diz nada. Entende que estou indo embora.

Eu vou.

Uma vez fugi de um orfanato no alto da montanha sem ter que fazer todas aquelas coisas que a gente faz nas histórias de fuga.

Cavar um túnel.

Usar um disfarce de padre.

Fazer uma corda amarrando com nós os hábitos das freiras.

Eu simplesmente saí pelo portão principal.

Desci a encosta da floresta verde e fria deslizando e agradecendo a Deus, a Jesus, à Virgem Maria, ao papa e a Adolf Hitler. Agradeci a eles porque, depois que os nazistas foram embora, as freiras não trancaram os portões. E agradeci porque a encosta está coberta de pinheiros, em vez de uma vegetação rasteira e espinhosa.

Uma vez partimos em um passeio pela floresta para colher amoras com a madre Minka. Dodie ficou preso nos espinhos. Ele ficou chamando a mãe, mas ela não estava lá.

Eu era a única pessoa ali.

Pare com isso.

Pare de ficar triste com essa história.

Quando a gente fica triste, para de prestar atenção, comete erros e pode acabar sendo pego. A gente tropeça nas raízes das árvores, escorrega, bate a cabeça, quebra os óculos e as freiras podem acabar ouvindo quando a gente praguejar.

Deslizo até uma clareira e me concentro para tentar escutar se o padre Ludwik está na montanha procurando por mim com seu cavalo.

Mas só consigo ouvir os pássaros e os insetos e a água corrente de um riacho.

Ajeito os óculos no rosto para ficarem firmes.

Agora quem está precisando de mim são os meus pais.

Penso que seria bom ir até a livraria esconder nossos livros e encontrar um recibo da passagem de trem que diga onde minha mãe e meu pai estão e qual trem preciso pegar para ir até eles.

Vai ser tão maravilhoso quando estivermos juntos de novo.

Bebo um pouco de água do riacho e desço a montanha pelo meio dos raios dourados de sol.

Sabe quando você está há três anos e oito meses sem comer um pedaço de bolo e, quando vê uma confeitaria, começa a sentir o gosto dos bolos antes mesmo de colocá-los na boca? Pão doce macio recheado com merengue. Massa folhada assada com gotas de chocolate e cheia de creme. Torta de geleia.

É o que estou fazendo agora.

Também sinto o cheiro de biscoitos de amêndoa, embora eu esteja agachado em um lugar imundo com um porco bem fedorento que está com o focinho na minha orelha.

Lá longe, do outro lado dos campos, fica a vila do padre Ludwik. Bom, deve ser lá, pois foi a única vila que consegui enxergar enquanto descia para o vale. Com certeza um daqueles prédios deve ser uma confeitaria. Mas enquanto estiver usando estas roupas do orfanato não posso me aproximar da vila. O padre Ludwik provavelmente espalhou pela cidade avisos de que um órfão fugitivo está solto por aí. Além disso, pode ser que alguns nazistas queimadores de livros estejam na loja comprando fósforos.

O porco está me encarando com olhos tristes e caídos.

Sei como ele se sente.

— Anime-se — digo ao porco. — Sabe, eu não quero mesmo perder tempo naquela vila.

Tenho que ir para minha cidade. A boa notícia é que eu sei que ela fica perto de um rio que passa por aqui. Quando minha mãe e meu pai me levaram para o orfanato na carroça da livraria, fomos seguindo o rio ao longo de quase todo o caminho para a montanha.

O porco se anima.

Ele cheira os machucados no meu pé.

— Você tem razão — digo. — Esses sapatos do orfanato machucam muito. Preciso conseguir em algum lugar sapatos mais apropriados, que não sejam feitos de madeira, e algumas roupas adequadas também, e depois ir na direção do rio.

O porco franze a testa e entendo que ele está tentando lembrar onde fica o rio.

Ele não lembra.

— Obrigado por tentar.

Ficar pensando em bolo me deixou com fome. Não tomei café da manhã hoje e agora já passou da hora do almoço.

Olho esperançoso para a comida do porco. É granulosa e cinzenta como o mingau da irmã Elwira. Fico com água na boca, mas não tem o bastante para nós dois na tigela enferrujada. Vejo que o porco ficaria feliz de dividir comigo, mas não é certo. Ele está preso aqui e só tem isso.

Eu tenho sorte. Posso conseguir comida em qualquer lugar. Sou livre.


Obrigado, Deus, Jesus, Maria, papa e Adolf Hitler por atender às minhas preces.

Uma casa.

Desculpe se duvidei de vocês quando estava perdido no campo. E se joguei a culpa em vocês pelo sol de rachar e pela falta de poças com água para beber.

Agora está tudo perfeito. Uma casa em uma rua deserta sem nenhum vizinho intrometido ou postos de polícia por perto. E na parede perto da entrada principal tem uma daquelas coisas de metal entalhadas que costuma haver nas casas das famílias judias religiosas da minha cidade.

Eu bato.

A porta se abre lentamente.

— Olá — eu falo. — Tem alguém em casa?

Silêncio.

Eu chamo de novo, mais alto.

Nenhuma resposta.

Gostaria que a madre Minka estivesse comigo para me dar um conselho sobre o que fazer agora, mas ela não está aqui e estou morrendo de sede, então entro na casa, torcendo para que os donos não sejam surdos nem hostis.

Se forem, não tem problema, afinal não estão em casa. Os três cômodos estão vazios. As pessoas devem tem saído às pressas, pois na mesa da cozinha há dois pratos com comida pela metade e uma das cadeiras está caída no chão.

Eu presto atenção para ver se ouço alguma coisa.

O que aconteceu? Onde estão as pessoas?

Levanto a cadeira.

O fogão da cozinha ainda está queimando e a porta dos fundos está totalmente aberta.

Ponho a cabeça para fora. O jardim e o pátio estão vazios.

Ouço alguns tiros a distância, bem fracos.

Já sei, isso explica tudo. Eles estão caçando. Devem ter visto alguns coelhos passando, então pegaram as armas e saíram com pressa.

Provavelmente vão demorar a voltar. Quando o padre Ludwik sai para caçar coelhos, costuma levar horas.

Na mesa da cozinha tem um jarro de água. Bebo quase tudo. Depois como um pouco do ensopado de batata de cada prato. Deixo uma sobra, caso as pessoas estejam com fome na volta.

Em outro quarto encontro alguns sapatos e roupas. São todos de adultos, mas acho que não dá para ter tudo o que queremos de uma vez só.

Tiro as roupas do orfanato e visto uma camisa e uma calça de homem, corto as extremidades das mangas e das pernas da calça com uma faca de cozinha, e uso os pedaços de pano para enrolar meus pés e fazê-los caberem em sapatos de adulto.

Depois, enquanto queimo meus tamancos de madeira e as roupas do orfanato no fogão da cozinha, arranco uma folha do meu caderno para escrever um bilhete:

Caras pessoas que moram nesta casa,

Peço desculpas. Sei que roubar é errado, mas não tenho nenhum dinheiro. E os livros da minha mãe e do meu pai estão correndo sério risco. Espero que vocês entendam.

Cordialmente,

Felix

Não encontro nenhum mapa na casa, mas tudo bem. Acho que agora sei onde fica o rio. Ao longe, ouço mais tiros. Uma vez, meu pai leu para mim uma história sobre caçadas em que os veados e as raposas e os coelhos preferem morar perto dos lagos e dos rios. Então é provável que os caçadores desta casa estejam perto do rio.

Obrigado, pai.

Como mais um bocado do ensopado de batata, corto uma fatia de pão e guardo dentro da minha camisa com o caderno e as cartas. Encontro um chapéu, coloco na cabeça, limpo meus óculos e amarro os sapatos o mais apertado que posso.

Depois saio caminhando pela rua na direção dos tiros.

Isto aqui parece uma história que escrevi uma vez.

Os dois heróis (minha mãe e meu pai) chegam a uma encruzilhada. Eles não sabem qual caminho tomar para chegar aonde querem (a caverna de um ogro que deseja comprar uma coleção completa de enciclopédias). Então eles usam os ouvidos para se guiarem. Ficam ouvindo com atenção até que, ao longe, escutam um barulhão do ogro comendo os animais da fazenda, e isso indica que eles devem seguir à esquerda.

É o que estou fazendo parado aqui nesta encruzilhada. Faço um grande esforço para ouvir. Mas estou tendo dificuldades para distinguir os tiros, pois aqui o campo é barulhento. Os pássaros gorjeiam nas árvores. Os insetos zunem sem parar à luz do sol. A brisa faz os campos de trigo sussurrarem.

Às vezes a vida real pode ser um pouco diferente das histórias.

Ajeito o chapéu, que fica escorregando e cobrindo meus ouvidos.

Espere um pouco.

Lá.

Tiros de armas.

Obrigado, Deus e os outros.

Entro em uma rua que é mais larga do que a anterior. Esta tem marcas de roda no chão de terra batida. Não as habituais marcas lisas das carroças com pegadas de cascos entre elas. Essas são marcas com as estrias, dos pneus de borracha dos caminhões.

Espero que um caminhão passe logo, pois eu poderia pedir carona, agora que estou usando roupas comuns e não pareço mais um garoto que fugiu do orfanato.

Uma carroça também seria ótimo.

Qualquer coisa que me levasse mais rápido para o rio, para a nossa cidade e para os nossos livros.

*

Até que enfim, um caminhão.

Fico parado no meio da rua e aceno com o chapéu.

Quando ele chega perto, vejo que é um caminhão de transportar animais de fazenda, mas está lotado de gente. As pessoas estão de pé no fundo, espremidas.

Que estranho, parece que elas estão quase sem roupas. Por que pessoas assim estariam espremidas em um caminhão? Acho que entendi, devem ser agricultores saindo de férias. Ficaram tão animados com a possibilidade de nadar no rio que já estão sem roupa. Eles não têm culpa, o sol está forte mesmo.

Ainda estou acenando, mas o caminhão não diminui a velocidade. Está acelerando, vindo na minha direção.

— Pare! — eu grito.

O caminhão não para.

Eu me jogo em cima da grama. O caminhão passa a toda velocidade, levantando poeira, areia e fumaça de motor.

Não acredito! O motorista do caminhão estava tão ocupado sonhando com as férias que nem me viu.

Olha só, tem outro vindo aí. Esse está pintado com manchas marrons e cinza. Acho que é um caminhão do Exército.

Dessa vez, só por via das dúvidas, aceno do canto da estrada.

— Oi — eu grito —, queria uma carona!

Alguns soldados estão sentados na parte de trás. Eles me veem e apontam para mim. Um deles ergue o rifle e faz de conta que vai mirar em mim.

Quanta gentileza dele fazer uma brincadeira emocionante com um menino do campo, mas não sou um menino do campo, sou um menino da cidade e preciso urgentemente chegar em casa.

— Por favor — eu grito.

Esse caminhão também não diminui a velocidade. Quando ele passa, um buraco na estrada faz todos os soldados quicarem no ar.

De repente, ouço um tiro bem alto.

Eu caio para trás na grama.

Estou em choque. Atiraram em mim. O soldado atirou em mim. A bala passou tão perto da minha cabeça que ainda estou ouvindo o zumbido no meu ouvido.

Rolo no chão e fico o mais abaixado que posso, caso os outros soldados tentem atirar também.

Nenhum outro tentou. Volto a respirar outra vez. Deve ter sido um acidente. O movimento do caminhão passando no buraco deve ter feito a arma disparar.

Penso em outra coisa.

Aquele pobre soldado. Hoje à noite no quartel ele mal conseguirá engolir a comida de tão chateado. Tudo o que ele queria era fazer uma brincadeirinha e agora acha que atirou em um menino inocente.

Levanto com pressa e aceno para o caminhão, que está desaparecendo no fim da rua.

— Não se preocupe! — grito. — Está tudo bem.

Mas este caminhão desaparece por trás da nuvem de poeira levantada pelo primeiro caminhão, então o soldado não me vê e eles não me dão carona.

Que azar.

Para mim e para ele.

\*

Até que enfim, o rio.

Depois de tanto tempo caminhando, como é bom me ajoelhar nas pedras frias, enfiar o rosto na água e beber um gole.

Este rio é lindo. A água brilha dourada no pôr do sol, o ar morno tem um cheiro fresco, e milhões de pequenos insetos estão dando piruetas e girando felizes à luz suave.

Na última vez em que estive aqui, quando eu tinha seis anos, devia ser muito novo para reparar em como a Polônia é bonita no verão. Mas tem outra razão para eu gostar tanto deste rio agora.

Ele vai me levar para casa.

Fico em pé e olho ao redor.

O caminho ao lado do rio ainda está aqui, bem como eu lembrava. O caminho que segue até a nossa casa. Pena que seja tão estreito para caminhões, mas não dá para ter tudo o que a gente quer.

Estou me sentindo muito bem agora, apesar da fome, porque estou tentando fazer meu pão durar e apenas uma mordida não é um jantar muito reforçado.

Ainda tenho que caminhar um bom pedaço, mas sinto como se estivesse quase em casa. Não estou mais tão preocupado com os nazistas queimadores de livros, porque já entendi o que eles estão fazendo. Primeiro, estão queimando os livros nas vilas e nos orfanatos mais afastados, antes de o inverno chegar, para não ficarem isolados pela neve. Isso significa que eles ainda não devem ter queimado nada nas cidades, então chegarei a tempo de esconder nossos livros.

Que barulho é esse?

Nossa, de perto o som das armas de fogo é muito alto. Esses tiros me deram um susto tão grande que quase caí na água. Os caçadores devem estar logo ali naquela curva do rio.

Outra explosão de arma, aínda mais estrondosa.

E outra.

Talvez os coelhos resolvam aparecer na hora do pôr do sol. Ou talvez os caçadores estejam usando todas as balas para não terem que carregar muito peso na volta para casa.

Ainda bem que estou indo na direção oposta. Ainda bem que preciso seguir o caminho por aqui, o mesmo caminho do fluxo do rio, para longe das montanhas.

Olha, de repente o rio ficou vermelho. Que estranho, pois o sol ainda está amarelo.

A água está tão vermelha que quase parece sangue. Mesmo com todos aqueles tiros, os caçadores não poderiam ter matado tantos coelhos.

Será que poderiam?

Não, deve ser um efeito da luz.

Uma vez caminhei a noite inteira e depois o dia inteiro, só tirei um pequeno cochilo na floresta e caminhei a noite inteira de novo e, então, cheguei em casa.

Na nossa cidade.

Na nossa rua.

Ela é exatamente como eu lembrava. Bom, quase a mesma coisa. A rua é estreita como eu lembrava e todas as casas têm dois andares e são feitas de pedra e tijolos, com telhados de ardósia como eu lembrava. Mas é esquisito porque quase não há mais mercados nem as lojas que vendiam comida.

Eu passava horas durante as aulas no orfanato sonhando acordado com as lojas da nossa rua. A confeitaria, que ficava perto da sorveteria, que ficava perto do mercado que vendia carne assada, que ficava perto da loja que vendia geleias, que ficava perto de uma mercearia que vendia batata frita, que ficava perto da doceria que tinha uma bala de licor coberta de chocolate.

Será que eu estava inventando tudo isso?

Também tem outra coisa diferente.

O dia amanheceu há um tempão e ninguém saiu. Nossa rua costumava ficar apinhada de gente assim que amanhecia. As pessoas saíam para resolver coisas e ir aos lugares mesmo que ainda estivessem com sono. Os animais das fazendas reclamavam, porque não gostavam de ficar na calçada. As crianças mexiam nas tendas do mercado.

Agora está muito diferente.

A rua está toda deserta.

Passo pela esquina me perguntando se a minha memória está falhando. Esse tipo de coisa pode acontecer quando estamos com fome e cansados e com dor nos pés calçados com sapatos grandes demais.

Talvez eu esteja confuso. Talvez esteja só me lembrando das histórias que inventei sobre nossa rua barulhenta e movimentada. Talvez a multidão também seja fruto da minha imaginação.

Nesse momento, eu vejo.

É a nossa livraria, bem ali na esquina, e sei que isso eu não estou inventando.

Tudo está igual. A pintura verde descascando da porta, o poste de metal em que os clientes podiam apoiar as bicicletas, o degrau na entrada onde Szymon Glick vomitou ao sair da minha festa de aniversário de cinco anos.

Não tem nenhum sinal de incêndio causado pelos nazistas.

Fico muito aliviado, mas também me sinto fraco de fome e preciso parar e me apoiar na parede da casa do sr. Rosenfeld.

Agora que estou tão perto de casa começo a ficar triste.

Queria tanto que a minha mãe e o meu pai estivessem aqui e não em outro lugar, bem longe, convencendo o seu autor preferido a escrever mais rápido ou tentando vender livros sobre as normas de segurança de armas aos soldados.

Respiro fundo.

Não tenho tempo para ficar triste. Tenho um plano e preciso segui-lo à risca. Tenho que esconder os livros antes que os nazistas cheguem aqui. Depois terei bastante tempo para encontrar um recibo da passagem de trem e ir encontrar meus pais.

Em primeiro lugar, preciso entrar na loja.

Caminho até lá e tento abrir a porta. Está trancada. É normal. O pai da minha mãe era serralheiro antes de morrer em um acidente de barco. Minha mãe conhece tudo de trancas, com exceção das trancas das portas dos banheiros de barco.

Espio pela janela da loja. Se eu tiver que arrombar a janela para entrar, preciso tomar cuidado para os cacos de vidro não danificarem os livros.

Fico olhando durante uma eternidade. É que quando ficamos chocados e horrorizados, e passando mal com alguma coisa, os olhos não funcionam bem, mesmo se estivermos usando óculos.

Não há nenhum livro lá dentro.

Todos os livros desapareceram.

As prateleiras ainda estão lá, mas sem livros.

Só os velhos casacos. E chapéus. E roupas de baixo.

Não consigo acreditar. Os nazistas não podem ter queimado os livros, senão a fechadura estaria arrombada e haveria cinzas e clientes chorando por todos os lados.

Será que a minha mãe e o meu pai deixaram de ser livreiros e viraram vendedores de roupas usadas? Impossível! Eles amam muito os livros. Minha mãe não se interessa por roupas, ela vivia dizendo isso para a sra. Glick.

Será que me enganei de loja?

Eu me agacho na porta da frente.

É a loja certa. Aqui estão as minhas iniciais, que um dia eu gravei em tinta verde antes de ir para o orfanato pensando que assim as outras crianças não se esqueceriam de mim.

O que está acontecendo?

Será que minha mãe e meu pai esconderam os livros?

De repente ouço umas vozes no nosso apartamento, que ficava em cima da loja. Um homem e uma mulher.

Obrigado, Deus e todos os outros.

— Mãe! Pai!

Minha mãe e meu pai param de falar. Mas não me respondem. Nem mesmo abrem a janela. Vejo as leves silhuetas se movendo por trás das cortinas.

Por que será que eles não abrem as cortinas pulando de alegria?

Já sei. Passaram-se três anos e oito meses. Minha voz mudou. Eu estou diferente. Além disso, estou com essas roupas de caçar coelho. Eles só vão me reconhecer quando virem meu caderno.

Como a porta da loja está trancada, dou a volta para entrar pelos fundos. Subo correndo os degraus.

A porta de serviço está aberta e eu entro gritando:

— Mãe! Pai!

Então, paro.

Ao subir, estava com medo de que os móveis da cozinha tivessem desaparecido também, como os livros. Mas tudo está ali, exatamente como antes. O fogão em que minha mãe preparava sopa de cenoura. A mesa na qual eu fazia todas as refeições e travava batalhas de miolo de pão com meu pai. O espaço da lareira onde minha mãe e meu pai me davam banho e colocavam os livros para secar se eu os molhasse sem querer.

— Quem é você? — diz uma voz rosnando.

Eu me viro.

Uma mulher, em pé na porta da sala, me encara.

Não é a minha mãe.

Minha mãe é magra, tem cabelos pretos e um rosto pálido e meigo. Essa mulher é musculosa e tem o cabelo igual à palha. O rosto dela está bravo e vermelho. O pescoço e os braços também.

Não sei o que dizer.

— Vai embora daqui — grita a mulher.

— Pegue ele — diz um homem que não é meu pai saindo do quarto. — Vamos entregá-lo.

Eu me volto para a porta.

O homem vem na minha direção.

Desço os degraus. No meio do caminho esbarro em um menino que está subindo. Eu me ajeito e olho para ele. Ele está mais velho do que antes, mas ainda assim consigo reconhecê-lo. Wiktor Radzyn, um dos garotos poloneses da minha turma da época em que eu ia para a escola aqui.

Não paro.

Continuo correndo.

— Vai embora, judeu — grita Wiktor atrás de mim. — Esta casa agora é nossa.

Eles pararam de me seguir.

Fico agachado no meu esconderijo na saída da cidade tentando ouvir algo.

Não há mais nenhum grito.

O grupo que estava me perseguindo deve ter desistido. Eles não devem conhecer esse buraco que servia para os guardas ficarem de sentinela nas ruínas do antigo castelo. Quando meu pai me mostrou esse lugar, há alguns anos, ele disse que era o nosso segredo, então nunca contei para ninguém e ele também não deve ter contado.

Obrigado, pai. E obrigado, Deus e todos os outros, por eu não ter conseguido encher esse espaço de livros como tinha planejado, pois assim não haveria lugar para mim agora.

Pelo vão na parede do castelo vejo algumas pessoas voltando a pé para casa. Agora que não tem mais ninguém na minha cola, estou tremendo todo.

Por que eles odeiam tanto minha mãe, meu pai e a mim? Todos eles devem ter comprado livros dos quais não gostaram.

E por que a família Radzyn está morando na nossa casa?

Será que a minha mãe e o meu pai venderam a casa para eles? Por que fariam isso? Os Radzyn não são livreiros. O pai trabalhava limpando banheiros. A mãe tinha uma tenda no mercado, onde vendia roupas usadas. Wiktor Radzyn odeia livros. Quando ele era da minha turma, tinha o hábito de assoar o nariz e deixar o catarro escorrer por cima das páginas.

Eu me encosto na parede de pedra em ruínas da minha pequena caverna e penso em algo bem triste. Wiktor está no meu quarto agora. Minha cama, minha mesa, minha cadeira, minha lamparina, minha estante e meus livros agora pertencem a ele.

Eu o imagino deitado na minha cama, assoando o nariz em um dos meus livros.

Então tento pensar em algo mais alegre.

Estados Unidos.

Já sei.

O visto para os Estados Unidos deve ter ficado pronto. Meus pais estavam tentando conseguir vistos antes de me levarem para o orfanato. Por isso eles venderam a livraria para poderem abrir outra nos Estados Unidos. Uma vez meu pai me contou uma história sobre um judeu que era livreiro nos Estados Unidos. Lá as estantes são feitas de ouro maciço.

Ai, não.

Eles agora devem estar a caminho do orfanato para me buscar. Tudo bem. Sei que os dois não vão embora sem mim. Consigo voltar ao orfanato em dois dias, ou talvez um pouquinho a mais, o tempo de poder subir a montanha.

É claro que os livros devem estar todos lá. Minha mãe e meu pai devem ter levado todos eles até a madre Minka para ela comprar o que quiser antes de despacharem o restante para os Estados Unidos.

Ufa, estou bem mais calmo agora.

Faz todo o sentido.

Limpo o suor dos meus óculos, ajeito os pés dentro dos sapatos e vou abrindo o mato espesso que disfarça a entrada do buraco de sentinela.

Então, fico imóvel.

Tem alguém atrás de mim. Acabo de ouvir um rumor no mato.

Eu me viro.

Duas crianças pequenas me olham, um menino e uma menina de pés descalços na poeira.

— Estamos brincando de prender judeus na rua — diz o menininho.

— Eu sou o judeu — diz a menininha. — Ele é o nazista que vai me prender e me levar. Quem você quer ser?

Não respondo.

— Você vai ser o nazista — decide a menininha, forçando os olhos por causa da luz do sol.

Eu balanço a cabeça dizendo que não.

— Combinado, você vai ser o judeu — diz ela. — Então você tem que ficar triste, pois os nazistas levaram embora sua mãe e seu pai.

Eu olho para ela.

Ela suspira sem paciência.

— Todos os judeus foram levados embora — explica ela. — Meu pai me falou. Por isso você tem que ficar triste, entendeu?

Calma, eu digo a mim mesmo. É só uma brincadeira.

Mas por dentro estou em pânico.

— Ele não quer brincar — diz o menininho.

Ele tem razão, não quero brincar.


Fico parado em frente à casa do sr. Rosenfeld, fazendo a mesma coisa durante horas. Desejando desesperadamente que aquela menininha esteja errada.

Pela minha experiência, crianças pequenas costumam estar erradas. Tinha um menininho no orfanato que achava que era certo comer formiga.

Por isso, esperei a noite cair e voltei para a cidade. O sr. Rosenfeld é judeu. Se ele ainda estiver aqui, é uma prova de que os judeus não foram levados embora.

Bato à porta do sr. Rosenfeld.

Silêncio.

Bato outra vez.

Silêncio.

Isso não quer dizer que ele não esteja em casa. Ele deve estar lendo e muito concentrado. Ou dormindo e com os ouvidos cheios de cera. Ou pelado tomando banho.

Bato de novo, dessa vez mais alto.

— Sr. Rosenfeld — chamo baixinho. — Aqui é Felix Salinger. Preciso falar com o senhor. É urgente. Se o senhor estiver no banho, não tenha vergonha, pois já vi meu pai sem roupa.

Silêncio.

Sinto que me agarram pelas costas. Tento gritar, mas uma das mãos cobre minha boca. Sou arrastado pela calçada até uma ruela próxima à casa do sr. Rosenfeld.

— Ficou maluco? — sussurra a voz de um homem no meu ouvido.

Não é o sr. Rosenfeld.

Eu me contorço e olho para cima.

Não consigo ver o rosto do homem no escuro.

— Eles foram embora — diz ele. — Rosenfeld, seus pais, todos eles.

Quero que ele pare de falar. Quero que diga que é tudo historinha.

Tento morder a mão dele.

— Todos foram levados para a cidade grande — explica ele.

Tento outra vez. Agora meus dentes conseguem morder. O homem tira a mão. Depois me segura de novo, com mais força.

— É por isso que aqueles delatores dos Radzyn estão morando na sua casa — diz o homem. — É por isso que o chapéu marrom preferido do Rosenfeld está à venda na loja deles. E todas as outras coisas que ele precisou deixar para trás.

Estou morrendo de medo agora. Ele tem razão. Eu vi mesmo o chapéu do sr. Rosenfeld na loja.

Tento me virar de novo.

A lua acabou de surgir.

Consigo ver o rosto do homem. É o sr. Kopek. Ele trabalhava com o sr. Radzyn limpando banheiros.

— Você não deveria estar aqui — diz o sr. Kopek. — É uma péssima hora para você estar aqui. Se eu fosse um de vocês, fugiria e me esconderia nas montanhas.

De repente, ele me solta.

— Caso o peguem, nós nunca conversamos, certo?

Entendo o que ele quer dizer.

— Não se preocupe — respondo. — Os nazistas não vão se interessar por mim. Eu não tenho nenhum livro. Emprestei todos para um amigo.

O sr. Kopek me encara por um instante, depois enfia alguma coisa embaixo do meu braço e sai correndo pela ruela.

Estou tremendo muito para conseguir ficar de pé, então me sento na calçada. Pego o pacote que ele colocou embaixo do meu braço. Está enrolado em papel vegetal. Dentro tem um pedaço de pão e uma garrafa d'água.

Não consigo entender. Por que algumas pessoas são gentis conosco, judeus que têm livros, e outras nos odeiam? Queria ter feito essa pergunta ao sr. Kopek. E também queria ter pedido a ele que me explicasse por que os nazistas detestam tanto os livros judaicos, a ponto de terem levado meus pais e todos os clientes judeus da livraria para fora da cidade.

Invento uma história sobre um grupo de crianças de outro país cujos pais trabalham em um depósito de livros. Um dia, uma pilha enorme de livros judaicos cai em cima dos pais e os esmaga, e então as crianças prometem que quando ficarem adultas vão se vingar de todos os livros judaicos e de seus donos.

Não parece uma história muito boa.

Mas, por enquanto, ela vai ter que servir. Quem sabe no caminho eu consiga pensar em outra melhor.

Com cuidado, embrulho de novo o pão e a garrafa d'água.

Vou precisar deles.

Será uma viagem longa até a cidade.

UMA VEZ caminhei o mais rápido que pude na direção da cidade para encontrar minha mãe e meu pai e não deixei nada me distrair.

Até que vi um fogo.

Então começo a caminhar mais devagar, olhando para o horizonte.

O fogo está a quilômetros de distância, mas consigo ver claramente as chamas cintilando no escuro. Devem ser enormes. Se for uma fogueira de livros queimados, deve haver milhões de exemplares.

Eu paro.

Limpo os óculos e tento ver se há nazistas por ali. Impossível. Está longe demais para poder ver se há gente, e mais ainda para distinguir braçadeiras.

Mas consigo ouvir o barulho de caminhões e carros e vozes gritando ao longe.

Uma parte de mim quer fugir. Outra parte quer chegar mais perto. Minha mãe e meu pai devem estar lá. Deve ser o lugar para onde levaram os donos de livros judaicos, assim os nazistas podem queimar todos os seus livros em uma única pilha.

Eu me aproximo.

Não quero ir pela estrada por medo de esbarrar em algum nazista que pode ter ficado para trás, então vou caminhando pelo campo.

Em um dos terrenos tem uma plantação de repolho. À medida que vou me aproximando do fogo, os repolhos vão ficando quentes. Alguns começam a cheirar como se estivessem sendo cozidos. Mas não paro para comer.

Agora consigo ver o que está pegando fogo.

Não são livros, e sim uma casa.

Como não vejo ninguém ali, guardo o pão e a água dentro da minha camisa, tiro o chapéu, faço xixi dentro e coloco de volta para impedir que a minha cabeça esquente muito. Então me aproximo mais para ver se tem gente lá dentro precisando ser resgatada. Uma vez escrevi uma história em que meus pais salvavam um vendedor de tinta de uma casa em chamas, então já sei um pouco sobre esse assunto.

Chego até a cerca de arame que separa a casa da plantação, piscando muito por causa do calor e do brilho das chamas. A cerca está quente demais e não posso encostar nela. Então me contorço para passar por baixo.

O gramado está coberto de galinhas mortas. Coitadinhas, devem ter sido assadas. Foi o que pensei antes de ver que estavam cheias de buracos.

Elas levaram tiros.

Os donos das galinhas devem ter feito isso para sacrificá-las.

Em seguida, vejo os donos.

Ai.

Estão deitados no gramado ao lado das galinhas, um homem e uma mulher. O homem está de pijama e a mulher, de camisola.

Os dois estão na mesma posição curvada que as galinhas e em volta deles há poças de sangue.

Quero ir embora, mas não vou. Decido pegar uma pena de galinha e colocar na frente da boca e do nariz da mulher. É assim que verificamos se alguém está morto. Uma vez li isso em um livro.

A pena não se mexe.

A mesma coisa com o homem.

Todo aquele calor me faz tremer. Nunca tinha visto um morto de verdade. Mortos de verdade são diferentes dos mortos nos livros. Quando a gente vê alguém morto de verdade, dá vontade de chorar.

Eu me sento no gramado e as chamas que saem da casa secam minhas lágrimas antes que elas escorram pelas bochechas.

Essas pobres pessoas deveriam ser donos de livros judaicos que não suportaram que os nazistas queimassem seus livros e resolveram resistir lutando, e, para se vingar, os nazistas mataram os dois e mais as galinhas, e atearam fogo na casa toda.

Por favor, mãe, pai, eu peço em silêncio.

Não sejam como essas pessoas.

Não resistam.

São só livros.

Atrás de mim a casa desaba, lançando faíscas e brasas em cima da gente, de mim e dos donos de livros, que estão mortos. Minha pele está ardendo. Minhas roupas começam a queimar. Eu rolo no gramado para apagar as brasas e dou de cara com outra pessoa.

É uma menina, de uns seis seis anos, deitada.

Uma menininha. Que tipo de gente mataria uma menininha só por causa de uns livros?

Um pensamento horrível surge em minha cabeça, que está latejando. E se nós judeus não estivermos sendo perseguidos apenas por causa dos livros? E se houver algo além disso?

Nesse momento noto que a menininha não está sangrando.

Suavemente, eu a viro de barriga pra cima.

O fogo atrás de mim está tão forte que ilumina tudo como se fosse dia, e vejo que não há furos no pijama dela. Pelo menos não de balas nem de queimadura. A única coisa errada que vejo é um machucado na testa.

Pego uma pena para colocar na frente de seu rosto, mas não é preciso porque quando chego perto ouço um barulho de catarro na respiração dela.

O barulho está alto, mas não tão alto quanto o do motor de um carro que ouço ao longe.

Dou uma espiada na estrada.

Tem dois carros pretos passando. Eles parecem com os veículos que chegaram ao orfanato.

Os nazistas devem estar voltando ao local do crime para apagar as provas. Já li sobre esse tipo de conduta criminosa em algumas histórias.

Apoio a menina inconsciente nas costas e vou cambaleando no meio da fumaça e das faíscas na direção da cerca. Ao me espremer para passar por baixo do arame quente, ele queima meu braço, mas não ligo. Só quero conseguir escapar, levando comigo essa pobre órfã e ir para o meio da plantação de repolhos.

— Qual é o seu nome? — pergunto à menina pela milésima vez enquanto caminhamos a muito custo pela estrada escura.

Na verdade, sou eu que caminho a muito custo. Ela ainda está de cavalinho, pendurada nas minhas costas com os braços ao redor do meu pescoço.

Ela não responde, só para variar. A única maneira que tenho de saber se está acordada e consciente é virar a cabeça para trás e ver a luz da lua brilhando em seus olhos escuros.

Essa caminhada está acabando comigo. A maior distância que percorri carregando alguém foi no dia da educação física, quando corri com Dodie sentado sobre meus ombros. Foi só uma vez, e perto do pátio de brincar.

Tento me distrair da dor nos braços pensando em coisas boas.

O perfume da minha mãe.

O cabelo do meu pai caindo no rosto quando ele lê.

Ao menos essa menininha não está ficando superanimada como Dodie e me chutando as costelas.

Sinto uma dor intensa nos braços. Calculo quanto tempo ainda vou conseguir carregá-la.

Nesse instante, vejo alguma coisa.

Será que é um monte de feno?

É difícil enxergar porque a lua se escondeu por detrás de uma nuvem, mas tenho quase certeza de que aquela coisa grande e escura atrás da cerca viva é um monte de feno.

De repente não consigo mais avançar.

Sei que é arriscado parar. Sei que os nazistas podem chegar a qualquer momento. Mas não consigo mais. Minhas pernas estão doendo muito agora.

— Preciso descansar — digo.

A menininha não responde.

Atravesso a cerca viva, arrasto um pouco de feno do monte com um dos braços e faço uma cama no chão. Da maneira mais suave que posso, coloco a menina deitada e a cubro com feno para mantê-la aquecida. Depois deito ao lado dela. Não me preocupo em pegar feno para me cobrir, estou cansado demais.

A menina se levanta e começa a chorar.

— Cadê minha mãe e meu pai? — pergunta ela, gemendo.

É a primeira vez que ela fala desde que voltou a si. Essa é a pergunta que eu mais temia que fizesse.

— Quero minha mãe e meu pai — diz ela, aos prantos.

Pelo menos tive bastante tempo para elaborar um plano.

— Eu também quero os meus — digo. — Por isso estamos indo para a cidade.

No meu plano, preciso manter a esperança da menina. Ela está com um machucado horrível na cabeça. Não posso contar as atrocidades que vi se ela não estiver bem. Mais tarde, quando ela estiver melhor e eu tiver encontrado os meus pais, será o momento de contar que os pais dela morreram. Porque nesse momento a minha mãe vai poder contar. E então poderemos levá-la para morar com a madre Minka.

— Quem é você? — soluça a garota.

— Eu sou o Felix — digo. — E quem é você?

— Eu quero a minha mãe — diz ela, gemendo.

— Pare de gritar — imploro. — Temos que ficar quietos.

Ela continua chorando. Não posso contar a ela que o motivo para ficarmos quietos é que os nazistas podem nos ouvir. Ela ficaria morrendo de medo. Então invento uma história.

— Shhhh — digo. — Assim vamos acordar as ovelhas.

Então me lembro de que não tem nenhuma ovelha. Os campos estão vazios.

Ainda soluçando, a menina me olha do jeito que eu olhava para o Marek quando ele tentava me contar que os pais dele eram lutadores profissionais que tinham morrido em um acidente de luta livre.

Eu me levanto, vou até ela e me ajoelho para ficar da sua altura. Seguro delicadamente o braço da menina. Queria que minhas mãos fossem maiores, como as da madre Minka.

— Eu também estou com medo — digo baixinho. — Também quero minha mãe e meu pai. É por isso que vamos para a cidade.

Toco com cuidado na cabeça dela, perto da ferida.

— Está doendo? — pergunto.

Ela faz que sim com a cabeça, e mais lágrimas rolam de seus olhos.

— Minha mãe é especialista em machucados na cabeça — digo. — Quando estivermos com ela amanhã, ela vai dar um jeito de não doer mais.

— Seu chapéu está fedendo — diz a menina, que parou de soluçar.

Eu despenco de volta no feno e digo:

— Se você se deitar e descansar, vou contar uma história em que sua mãe e seu pai te levam para fazer um piquenique.

A menina me olha e levanta o lábio inferior.

— Nós não fazemos piqueniques — retruca ela. — Você não sabe de nada, não é?

— Entendi — digo. — Então, uma história em que você e seus pais estão em um avião.

— Nós nunca andamos de avião — responde ela.

Eu dou um suspiro. Sinto muito por ela. Deve ser difícil ser órfão se você não tem nenhuma imaginação.

Tento outra vez.

— Bem — digo —, vou contar a história de um menino que passou três anos e oito meses morando em um castelo no alto da montanha.

Ela me olha do mesmo jeito.

Eu desisto. Viro de lado e fecho os olhos. Fiz o melhor que pude. Estou tão cansado que já nem ligo mais.

Então, sinto que ela está se deitando ao meu lado.

Dou outro suspiro. Promessa é promessa. Eu me viro e olho para ela.

— Uma vez — eu digo — tinha um menino chamado William...

— Não — interrompe ela, apontando para si mesma. — Eu sou uma menina. Meu nome é Zelda. Você não sabe de nada, não é?

UMA VEZ acordei e estava deitado na minha cama em casa. Meu pai lia para mim a história de um menino que foi levado para um orfanato. Minha mãe entrou com uma sopa de cenoura. Os dois me prometeram que nunca iriam me levar para lugar algum. Ficamos abraçados durante um bom tempo.

Então eu acordo de verdade e estou em cima de um monte de feno.

Tem palha me pinicando dentro da roupa. O ar frio e úmido deixa meu rosto pegajoso. A luz da manhã incomoda meus olhos. Uma menininha está me sacudindo e reclamando.

— Estou com fome — diz ela.

Tateio o chão ao redor em busca dos meus óculos, coloco-os, olho para ela ainda meio zonzo e me lembro.

Zelda, a menina cujos pais foram mortos.

A que tem um jeito mandão. À noite, ela me obrigou a contar a história do castelo no alto da montanha umas dez vezes, até que eu contasse direito.

— Preciso fazer xixi — avisa ela.

— Está bem — murmuro. — Primeiro, xixi, depois café da manhã.

Nós dois fazemos xixi atrás do monte de feno. Depois desembrulho o pão e a água. Zelda bebe um pouco e eu dou um gole.

Corto um pedaço de pão para ela e outro menor para mim. Ela precisa comer mais porque está machucada. A ferida na testa dela está bem escura agora e ficou com um galo.

— Seu chapéu ainda está fedendo.

Penso em explicar por que os capacetes dos bombeiros fedem tanto, mas desisto. Melhor não lembrar que a casa dela pegou fogo.

— Desculpe — digo.

Zelda franze a testa e faz uma careta, e acho que não é só por causa do chapéu.

— Está tudo bem? — pergunto.

— Minha cabeça está doendo — responde ela. — Você não sabe de nada, não é?

— Vai melhorar quando a gente chegar à cidade — digo. Dessa vez não falo dos poderes de cura da minha mãe para não fazer a Zelda chorar de novo por causa dos pais.

Minha cabeça também está doendo.

Está quente e latejando. Ontem à noite, quando começou a doer, achei que estivesse quente por causa do fogo. Mas agora vi que não é esse o motivo, pois minha pele está fria e pegajosa.

Além disso, estou ouvindo algumas coisas, o que pode acontecer quando a gente tem febre. Ouço vozes, passos e o rumor de rodas de carroça. Será que ainda estou meio dormindo e sonhando com a nossa rua nos dias de feira?

Não.

Estou bem acordado. E os barulhos são reais. Estão vindo da rua do outro lado da cerca viva.

— Fique aqui — sussurro para Zelda.

— O que foi? — pergunta ela, assustada.

— Volto em um minuto — digo. — Depois vamos para a cidade.

— Para ver nossas mães e nossos pais — acrescenta Zelda.

Vou correndo até a cerca viva, me espremo entre as folhas e os galhos e espio a rua. Fico maravilhado. A rua está cheia de gente. Mais de cem pessoas. Estão todas andando, cansadas, na direção da cidade. A maioria carrega trouxas, bolsas, malas ou potes de comida. Algumas carregam livros.

Cada pessoa está usando uma braçadeira por cima do casaco ou do paletó. Não é uma braçadeira vermelha e preta como a dos nazistas, essas são brancas com uma estrela azul, uma estrela de davi como as que são colocadas nas casas dos judeus. Deve ser para esses viajantes poderem reconhecer os outros representantes do seu grupo. No orfanato, nos dias de educação física, a gente usava um papel com um santo preso na camisa para que todo mundo pudesse saber qual era o nosso dormitório.

Um barulho súbito e alto faz com que eu me encolha dentro da cerca viva.

Um monte de soldados de bicicletas motorizadas circula de um lado para o outro, gritando e acenando para as pessoas em uma língua estrangeira. Todos os soldados têm armas. Nenhuma das outras pessoas tem armas. Parece que os soldados querem que as pessoas andem mais rápido.

Só nesse momento entendo o que está acontecendo.

Esses soldados são nazistas. A multidão de gente molenga é formada pelos donos de livros judaicos, todos sendo levados para a cidade.

Será que a minha mãe e o meu pai estão aqui?

Eu me inclino para a frente outra vez, tentando ver, mas antes que eu possa avistá-los ouço um som atrás de mim.

Um grito.

Zelda.

Saio de dentro da cerca viva e quase perco os óculos. Coloco-os de volta e quase desmaio com a cena que vejo.

Zelda está em pé em cima do monte de feno, paralisada de medo. Perto dela, apontando uma arma para a sua cabeça, um soldado nazista.

— Não atire — eu grito, correndo na direção deles.

O soldado aponta a arma para mim.

Eu congelo. Com uma pontada de pânico, vejo meu caderno sobre o feno perto do soldado nazista. Deve ter caído de dentro da minha camisa. E ele deve ter visto. E deve achar que somos donos de livros judaicos. Desobedientes, como os pais de Zelda.

Minha garganta está seca de medo.

— Na verdade isso aí não é um livro — murmuro —, é um caderno. E não é dela, é meu. Eu não estava tentando escondê-lo. Queria entregá-lo assim que chegássemos à cidade e encontrássemos o lugar onde os livros são queimados.

O soldado me olha como se não acreditasse no que estou dizendo.

No meio do desespero procuro um jeito de fazer amizade com ele.

— Desculpe ter gritado — digo. — Eu venho da montanha, e lá a gente precisa gritar e cantar à tirolesa para ser ouvido. Você sabe cantar à tirolesa?

O soldado não responde. Ele faz uma careta e aponta a arma na direção da cerca.

Pego a mão de Zelda e meu caderno e o pão e a água.

Zelda está tremendo tanto quanto eu.

— Venha — digo calmamente para ela. — Ele está dizendo que a gente precisa ir para a cidade com as outras pessoas.

— Para ver nossas mães e nossos pais — fala Zelda para o soldado.


Sabe quando você está procurando a sua mãe e o seu pai no meio de uma multidão de pessoas caminhando por uma estrada empoeirada e você acelera para ir adiante e depois desacelera para voltar e acaba não encontrando nem seu pai nem sua mãe, nem mesmo pedindo a Deus, a Jesus, à Virgem Maria, ao papa e a Adolf Hitler?

É isso que está acontecendo comigo.

Minha cabeça dói muito e o sentimento de frustração está me deixando arrasado.

Tento me reanimar pensando que minha mãe e meu pai já devem ter chegado à cidade e agora estão descansando e relaxando os pés.

Esse pensamento não me anima muito. Os soldados nazistas ainda estão circulando nas bicicletas motorizadas gritando para as pessoas. Espero que a minha mãe e o meu pai não tenham encontrado soldados tão barulhentos assim. Minha mãe fica indignada quando as pessoas são grossas e às vezes ela as repreende.

Zelda também não parece estar muito bem.

— Meus pés estão doendo — diz ela.

Coitadinha. Ela está usando pantufas macias. As solas são finas demais e não protegem seus pés das pedras na estrada.

Eu me abaixo e tiro um pouco dos trapos que serviam para enrolar os meus pés dentro dos sapatos.

— Venha aqui — digo para a Zelda. — Vamos de cavalinho. Ela sobe nas minhas costas.

— Segure firme — digo e começo a andar de novo para que os soldados não gritem conosco por ficarmos para trás.

Algumas crianças que estão andando com os pais começam a olhar para Zelda com inveja. Eu entendo. Algumas têm apenas três ou quatro anos. Os pais não têm força nem para conversar com elas, quanto mais para carregá-las no colo.

Percebo que Zelda quer ficar nas minhas costas até chegarmos à cidade. Gostaria de poder carregá-la, mas estou me sentindo muito mal.

Tiro as pantufas dela, coloco uns trapos em volta de seus pés e recoloco as pantufas.

— Pronto — digo. — Acho que vai ajudar.

Coloco Zelda no chão.

— Dá uma sensação engraçada — diz ela depois de uns passos.

Tento pensar em alguma coisa que possa ajudá-la a se acostumar.

— Todos os grandes viajantes da história usavam trapos em volta dos pés — falo. — Cristóvão Colombo, o descobridor da América, usava trapos em volta dos pés. O doutor Livingstone na África também. Aníbal, o Grande, também. Assim como seus elefantes. No futuro, lá pelo ano de 1960, acho que farão sapatos já com trapos dentro.

Zelda me dá uma olhada.

— No ano de 1960 as pessoas não vão mais precisar de sapatos. Elas vão usar rodas em vez de pés. Você não sabe de nada, não é?

— Desculpe — digo. — Esqueci.

*

— Por que essas pessoas estão tão tristes? — pergunta Zelda.

Já esperava que ela me fizesse essa pergunta. Ela olhava com cara de preocupada para as pessoas caminhando ao nosso lado. Uma senhora perto da gente está chorando e Zelda olha fixamente para ela. Não sei muito bem o que dizer.

Zelda aperta minha mão um pouco mais do que antes.

— Hein? — pergunta ela. — Qual o motivo?

Eu sei por que as pessoas estão tristes. Estão caminhando há horas, estão cansadas, com fome e preocupadas com seus livros e com seus pais, assim como nós. Provavelmente também parecemos tristes para elas.

Mas não digo isso para Zelda. Quando uma criança não sabe nem que seus pais morreram, a gente precisa tentar manter o ânimo dela.

— Estão tristes porque os sapatos delas não estão cheios de trapos — digo. — Elas ficarão bem mais felizes quando chegarmos à cidade.

Estou prestes a dizer a ela que na cidade encontraremos lojas que vendem trapos quando, de repente, pelo canto do olho vejo uma cena.

A senhora acabou de desmaiar ao lado da estrada. Ela está deitada na poeira. Ninguém parou para ajudá-la. Nem os outros judeus nem os soldados, nem eu.

Não posso carregar mais ninguém de cavalinho. Do jeito que estou agora, não consigo nem levantar Zelda.

— O que aconteceu com aquela senhora? — pergunta Zelda.

Respondo que só está descansando um pouco e que depois que formos embora um fazendeiro vai levá-la para casa e ela vai viver feliz na fazenda com a família dele, se tornará especialista em tirar leite das vacas, e em 1972 ela vai inventar uma máquina que tira leite automaticamente e também faz manteiga.

Zelda pensa um pouco no que eu digo.

— Em 1972 — diz ela —, as vacas farão a própria manteiga. Você não sabe de nada, não é?

Por pouco não respondo: "Não, não sei mais de nada mesmo."

Olho para os judeus cansados e famintos se arrastando pela estrada. Uma pergunta horrível está me incomodando há um tempão. Desde que eu vi Zelda deitada no gramado.

Por que os nazistas fariam as pessoas sofrerem desse jeito só por causa de alguns livros?

Preciso encontrar uma resposta.

— Com licença — digo para um homem que está caminhando perto de mim. — Você gosta de livros?

O homem me olha como se eu estivesse louco. Seu rosto cinza e flácido que antes estava triste agora está a ponto de chorar. Ele desvia o olhar. Eu me sinto mal. Preferia não ter perguntado.

E não só porque fiz um homem judeu sofrido se sentir triste diante de um menino louco. Também porque agora suspeito de que já tenho a terrível resposta à pergunta.

Talvez os nazistas não odeiem apenas nossos livros.

Talvez eles odeiem a gente também.

Uma vez passei seis horas contando histórias para Zelda, para mantê-la animada, para me manter animado também, para manter nossas pernas em movimento enquanto caminhávamos com dificuldade embaixo de chuva na direção da cidade.

Pelo menos a chuva está lavando meu chapéu, mas minha cabeça ainda está quente e latejando. Toda vez que um soldado nazista grita comigo ou com outra pessoa do nosso grupo encharcado e disperso, sinto pontadas de dor na cabeça.

Eu e Zelda já comemos nosso pão e estamos os dois com fome. Enquanto caminhamos com dificuldade, fico alerta em busca de comida. Não há nada, apenas árvores secas e escuras e enormes campos cheios de lama e grama molhada.

Continuo pensando nos meus pais e espero que eles não estejam passando fome assim, mas minha preocupação com eles só aumenta a dor de cabeça.

— Por que você parou de contar a história? — pergunta Zelda.

— Desculpe — respondo.

Estou contando uma história sobre como as crianças podem se divertir na cidade grande, mas minha imaginação está tão cansada e com tanta fome quanto meu corpo, minha camisa está molhada e estou preocupado com meu caderno, que deve estar se desmanchando.

Zelda está me olhando contrariada. Eu entendo. O pijama dela está tão ensopado quanto a minha camisa.

— Continue com a história — pede ela. — William e Violet Elizabeth estão na grande confeitaria do zoológico. Lembra?

— Lembro — respondo. — Já contei a parte dos elefantes? Que vieram voando de paraquedas e trazendo mais um estoque de bolo?

— Já — diz Zelda, irritada. — Você não sabe de nada, não é?

Minha atenção é desviada de novo. De uma rua paralela surgiu outra multidão de judeus se arrastando e eles começaram a caminhar conosco. Estão péssimos. Alguns têm feridas piores que a de Zelda.

Zelda está tão exausta que nem me perguntou sobre eles, mas vejo que ela percebeu e está tão inquieta quanto eu.

De algum modo encontro energia para continuar a história.

— William e Violet Elizabeth comem seis pedaços de bolo cada um — continuo. — Então, de repente, aparece um guarda do zoológico que está chateado e gritando. Um gorila feroz escapou e está destruindo a Polônia inteira.

— O mundo inteiro — diz Zelda.

— Sim — respondo, feliz por ela não estar mais prestando atenção nas outras pessoas machucadas. — Então, William e Violet Elizabeth fazem um plano para capturar o gorila.

— Violet Elizabeth é que inventa quase todo o plano — retruca Zelda.

— Isso — eu completo. — O plano é o seguinte: eles vão para um hotel luxuoso, alugam um quarto luxuoso e o enchem de coisas que os gorilas adoram. Bananas. Cocos. Macaquinhos assados.

Noto que Zelda não está contente com a história.

— Por que eles enchem o quarto do hotel com essas coisas? — pergunta ela.

— Porque os hotéis de luxo das cidades são feitos com uma invenção moderna chamada cimento, que é muito resistente. Nem mesmo um gorila consegue abrir caminho se estiver trancado em um quarto feito de cimento — respondo.

— O gorila tem que ser menina — diz Zelda.

Eu olho para ela, cansado.

— Pode ser — digo. — De todo modo, William e Violet Elizabeth convidam o gorila para ir ao quarto de hotel e se escondem dentro do armário com uma rede enorme.

— E com brinquedos — diz Zelda.

Olho para ela, confuso.

— Os gorilas gostam de brinquedos — acrescenta ela.

Sei que deveria concordar com Zelda, mas não consigo, em parte porque não tenho certeza se os gorilas gostam mesmo de brinquedos, e em parte porque começo a ver uma cena que me deixa sem palavras.

Uma das pessoas do nosso grupo, o homem que não gosta de livros, começou a gritar histericamente com os soldados. De repente, um soldado bate na cara dele com uma arma. O homem cai no chão. Os soldados começam a chutá-lo. As pessoas estão gritando. Quase grito também.

Mas entro na frente da Zelda para que ela não veja nada. Coloco um dos braços em volta do seu ombro e ando o mais rápido que posso, falando alto para distraí-la.

— O plano de William e Violet Elizabeth é um grande sucesso — digo —, porque quando o gorila fica sabendo dos brinquedos ele vai imediatamente para o hotel.

— Acho esse plano bobo — retruca Zelda.

Eu me esforço para permanecer calmo. Ainda ouço atrás de nós o homem grunhindo enquanto os soldados continuam dando chutes nele.

— Invente um plano melhor — respondo.

— Bom, Violet Elizabeth e William cavam um buraco enorme, como aquelas pessoas ali, e o gorila cai lá dentro.

Olho para onde Zelda aponta. Em uma parte da floresta, perto da estrada, centenas de pessoas estão cavando algo que parece ser um enorme buraco.

Fico observando, confuso.

É difícil ver direito por causa das árvores, mas não parecem ser fazendeiros. Acho que há algumas crianças. Outras pessoas parecem ser bem idosas. Outras parecem estar nuas. Acho que vejo também uns soldados apontando armas para todas elas.

— O que eles estão fazendo? — pergunta Zelda.

Espero que a minha imaginação invente alguma resposta.

Mas ela não inventa nada.

— Talvez um gorila tenha escapado mesmo — diz Zelda.

Ela me abraça pela cintura. Mantenho meu braço ao redor do seu ombro.

Algumas pessoas do nosso grupo estão parando, tentando ver o que está acontecendo na floresta. Os soldados gritam para que a gente siga em frente.

É muito duro caminhar embaixo de chuva.

— O gorila tem um amigo — diz Zelda. — Um homem bonzinho. Como não quer que o gorila seja capturado, ele fala para o exército deixar o gorila em paz, e então os soldados começam a bater nele com uma arma.

Eu olho para Zelda. Pela tristeza no rosto da menina, sei que ela viu o homem apanhando.

Eu a aperto com mais força.

— É uma ótima história — digo. — E quando o homem melhorar, ele e o gorila vão viver felizes na floresta e abrir uma confeitaria.

— Isso — diz Zelda, calmamente.

Ela não parece acreditar totalmente nessa história.

Nem eu.


Uma cidade grande não é igual às cidades grandes das histórias.

As ruas largas são sujas e os edifícios, altos, alguns de cinco andares, têm bandeiras nazistas penduradas nas varandas e do lado de fora das janelas.

Os caminhões e os tanques do exército estão estacionados em todo canto, e muitos soldados estão parados por perto contando piadas uns para os outros e rindo.

Não tem nenhuma placa de zoológico e não vi nenhuma confeitaria ou brechó por lá, e os moradores locais são muito antipáticos. Muitos estão parados na calçada gritando coisas feias para nós enquanto passamos.

Judeus sujos.

Coisas desse tipo.

É claro que estamos sujos. Caminhamos durante quase o dia inteiro debaixo de chuva.

Eu olho para ver se encontro minha mãe e meu pai, mas não vejo ninguém. Zelda está fazendo a mesma coisa. Espero encontrar meus pais antes que ela perceba que os dela não estão mais aqui.

Mãe, pai, onde vocês estão?

Tenho de ter paciência. Era o que minha mãe me dizia quando eu era pequeno e ficava chateado porque não conseguia ler nenhuma palavra no grande livro do meu pai sobre a história de dois mil anos do judaísmo.

É inútil procurar. Tem muita gente aqui. Nunca vi tanta gente em um só lugar. E todos os judeus parecem estar tão tristes quanto nós, juntos e cansados e vestindo casacos e cobertores escuros e tentando ignorar as coisas rudes que os moradores da cidade estão gritando para nós.

— Não gosto da cidade — diz Zelda.

Queria ter o que responder.

Queria contar a ela uma história que fizesse a gente se sentir melhor. Mas estou exausto e meus pés estão cheios de bolhas.

Estamos andando na direção de um muro enorme de tijolos construído bem no meio da rua. É um lugar estranho para se construir um muro. Nele há um portão com soldados tomando conta, e as pessoas na nossa frente estão passando pelo portão.

Não, não estão; nem todas elas passam para o outro lado.

Os soldados estão agarrando alguns judeus. E dando a eles baldes e esfregões. E fazendo-os se ajoelharem e esfregarem a rua de pedras.

É horrível.

A prefeitura deveria pagar as pessoas para limpar as ruas, e não obrigar os visitantes a fazer isso enquanto os moradores locais ficam olhando e rindo.

Espero que meus pais não tenham tido que fazer isso.

Ai, não, e agora?

É mais horrível ainda.

Os soldados estão agarrando as crianças judias e as jogando no fundo de um caminhão. Parece que nenhuma criança pode passar pelo portão. As pessoas estão gritando e chorando enquanto os seus filhos são arrancados à força.

O que está acontecendo?

Por que os nazistas estão separando as crianças dos adultos?

Não quero ser separado, quero ficar aqui e encontrar minha mãe e meu pai.

Tiro Zelda daquele lugar. Procuro alguma ruazinha por onde possamos escapar. Os moradores apontam para nós e gritam para os soldados que nós somos judeus e estamos fugindo.

Que barulho é esse?

Tiros.

Todo mundo está gritando.

Ao lado do muro, duas pessoas estão caídas sangrando no chão. Um homem está lutando com um soldado, tentando pegar uma criança que está com outro soldado. O soldado com a criança aponta uma pistola e atira no homem.

Ai.

A gritaria aumentou agora, mas ainda ouço o choro de medo da Zelda.

Tento grudar nela. Tarde demais. Alguém a está levando para longe de mim.

Um oficial nazista com cara de indiferente segura Zelda pelo cabelo e aponta uma arma para ela.

— Por favor, não — digo.

Espero minha imaginação se manifestar e inventar um motivo para dizer que ele não pode atirar na Zelda, mas minha cabeça está queimando e tudo está girando, e eu caio no chão gritando, mas sem palavras.

As pedras machucam meu rosto. Os tiros machucam meus ouvidos. Começo a chorar. Não sei o que fazer.

Acabaram as minhas histórias.

Uma vez deitei na rua aos prantos porque os nazistas estavam em todo canto e nenhum adulto conseguia proteger os filhos, nem minha mãe, nem meu pai, nem a madre Minka, nem o padre Ludwik, nem Deus, nem Jesus, nem a Virgem Maria, nem o papa, nem Hitler.

Mas, aí, ergui os olhos e vi que estava errado.

Aqui tem um adulto nos protegendo.

Um homem enorme vestindo uma jaqueta de couro gasta coloca a mão sobre o ombro de Zelda e argumenta com o oficial nazista em uma língua estrangeira. Acho que ele está falando em nazista. Mas é estranho porque ele usa uma braçadeira de judeu.

O oficial nazista solta o cabelo de Zelda e levanta a arma para a cabeça do homem.

O homem não chora nem se abaixa. Ele ergue a bolsa de couro que está carregando, que também está bastante gasta, e a deixa erguida durante um tempo diante do rosto do oficial nazista.

Por que ele está fazendo aquilo?

O oficial nazista olha para a bolsa, ainda com cara de indiferente. Depois, com a outra mão, agarra um tufo da barba do homem e, usando uma luva de couro, torce-o com força. O homem fica parado e não reage.

Os moradores que observam riem e aplaudem.

O homem parece triste, mas ignora todo mundo.

Depois de um tempo, o oficial nazista se vira e sai andando. Vai até a multidão de judeus que ainda está chorando e gritando porque alguns levaram tiros e as crianças ainda estão sendo levadas para os caminhões.

Ele chega por trás de uma mulher e aponta a arma para a cabeça dela.

Tento me levantar para ir até lá deter o oficial nazista.

Não consigo ficar em pé. Estou tonto demais. Despenco de novo de joelhos.

O oficial nazista atira na mulher.

Ai.

Zelda grita.

O homem vira Zelda de lado para encobrir essa visão terrível e começa a levá-la embora no meio da multidão atônita.

— Não! — grita Zelda. — Não vou embora sem o Felix.

Ela se debate e dá chutes. O homem se vira e me olha. Ele parece exausto, como se já fosse difícil o bastante ter um tufo da própria barba torcido e ver pessoas inocentes sendo assassinadas, e como se a última coisa de que ele precisasse nesse momento fosse um menino que mal consegue ficar de pé e que começa a vomitar.

Tento dizer a ele que estou procurando meu pai e minha mãe, mas continuo vomitando e a rua inteira parece estar girando.


Acordo com uma luz incômoda brilhando nos meus olhos.

É a chama de uma vela.

A madre Minka sempre segura uma vela quando vai ao dormitório à noite para repreender Marek por ter ido deitar sem pijama ou para bater no Borys por ele ter jogado o pijama de Marek pela janela ou...

Eu me sento, em pânico.

Estou de volta ao orfanato?

Não quero. Tenho que encontrar minha mãe e meu pai. Tenho que contar a eles tudo o que está acontecendo. Tenho que...

Uma mão grande e peluda delicadamente me faz deitar de novo. Não é da madre Minka.

Um homem de barba está me olhando, franzindo as sobrancelhas. Eu já o vi antes.

— Você é o padre Ludwik? — pergunto.

Minha garganta dói. Minha pele está queimando.

O homem balança a cabeça. Ele esfrega meu rosto com um pano úmido.

— Tente descansar — diz ele.

Vejo agora que não é o padre Ludwik, mas não tenho ideia de quem possa ser. Então, me lembro de tudo. O homem com a bolsa mágica. Mas ele não está mais falando em nazista.

De repente uma menina está me olhando.

— Ele é o Barney — diz ela. — Você não sabe de nada, não é?

Eu sei quem é a menina, mas antes que eu consiga me lembrar o nome dela as coisas começam a girar de novo.


Acordo no escuro.

O pânico me sufoca.

— Meu caderno! — grito. — Perdi meu caderno.

Minha garganta ainda está doendo. Sinto frio no corpo inteiro. Menos na cabeça, que está pegando fogo.

Alguém acende uma vela.

Um coração de prata cintila na frente dos meus olhos. Está preso a uma correntinha que balança no pescoço da menina Zelda enquanto ela me observa, preocupada.

— Ele acha que perdeu o caderno — diz ela.

O homem que não é o padre Ludwik também está me olhando, e também parece preocupado.

— Seu caderno está salvo — diz ele.

— E suas cartas também — comenta Zelda. — Jogamos o chapéu fora.

— Beba um pouco — diz o homem.

Ele coloca um copo de metal nos meus lábios. Dou um gole na água, que me faz tossir e então dói muito a minha cabeça.

— O Felix vai morrer? — Zelda sussurra para o homem.

O homem não diz nada, mas parece ainda mais preocupado.

Minha cabeça está doendo muito. Preciso achar minha mãe e meu pai. Eles sabem o que fazer para eu ficar melhor.

Lembro que os nazistas levaram os dois.

Sinto o pânico me esmagando.

Se ao menos meus pais não tivessem me levado para aquele orfanato ridículo. Se ao menos tivessem me deixado ficar com eles. Eu teria protegido os dois. De algum jeito.

Quero me sentar e pedir ajuda ao homem para encontrar meus pais, mas me sinto tão fraco e tonto que não sei para qual lado se levanta.

Ao longe, ouço a voz de Zelda perguntando se eu vou morrer.

— Por favor — sussurro no escuro. — Encontre meus pais.

Espero que o homem possa me ouvir.

— Eles estão correndo perigo — digo. — Muito perigo. Não acredite no caderno. As histórias do caderno não são verdadeiras.


Acordo com o barulho de alguém chorando.

Não sou eu.

— Quero ir para casa — soluça a voz de uma criança.

Zelda?

Não, é um menino.

Abro os olhos. Pequenos pontos de luz atravessam a escuridão. Eles incomodam meus olhos, mas já não me sinto queimando e minha cabeça já não dói tanto.

Coloco os óculos, mas não consigo ver direito o quarto no escuro. Minha cama é um saco recheado com algo macio. Ao lado está outra cama de saco, sobre a qual vejo um menino chorando. Ele deve ter uns cinco anos.

O homem que não é o padre Ludwik se agacha e abraça o menino.

— Quero ir para casa, Barney — diz o menino, soluçando.

— Eu sei — diz ele.

— Sinto falta deles — comenta o menino.

O homem alisa delicadamente o cabelo do garotinho.

— Eu sei, Henryk — fala ele. — Um dia você vai estar com a sua mãe e o seu pai. Mas por enquanto prometo que vou cuidar de você.

O menino ainda está fungando, mas parou de chorar.

— Pode chorar mais, se quiser — diz o homem. — Ruth vai abraçá-lo.

Uma garota mais ou menos da minha idade com cabelos cacheados avança e abraça o menino.

O menino limpa o rosto na manga da camisa.

— Agora já parei — diz ele.

Barney se vira para mim e coloca uma das mãos na minha testa.

— Melhor — diz ele. — Bem melhor. Você está indo bem, Felix. Ele me entrega uma xícara de metal com algo quente dentro. Sopa.

Eu coloco a xícara no chão, me viro com raiva e fecho os olhos. Que idiota esse Barney.

Não se deve dizer a uma criança que um dia ela vai encontrar seus pais. Um dia não quer dizer nada. Se você não sabe quando, deve deixar a criança ir atrás dos pais agora mesmo.

Quero gritar com esse homem, mas não grito porque lembro que Dodie achava inútil gritar com idiotas, além do mais provavelmente ia doer a minha garganta.

Fico parado e ignoro a mão do homem nas minhas costas e tento inventar uma história que me anime. Uma história sobre um garoto que encontra os pais em uma cidade e os leva para uma ilha deserta que tem confeitarias onde eles vivem felizes para sempre.

Não adianta.

Quando fecho os olhos só consigo ver soldados nazistas atirando em pessoas, entre elas crianças que só querem uma carona na estrada.

E se minha mãe e meu pai tiverem acenado para um caminhão do exército a caminho da cidade?

Não quero pensar nisso.

Quando contamos histórias desse tipo, acabamos chorando.

— Felix.

Sinto alguém me sacudindo delicadamente. Por um instante, mantenho os olhos fechados, e em seguida os abro.

Barney está agachado ao lado da minha cama. Ele segura um caderno.

— Felix — diz ele —, você se importaria se eu lesse algumas de suas histórias para as outras crianças?

Coloco os óculos e olho ao meu redor, mantendo os olhos meio fechados por causa da luz das velas.

Minha cama está rodeada de gente.

À minha volta estão Barney, Zelda, o menininho que estava chorando e a garota de cabelos cacheados. Vejo também um menino mais novo que eu mastigando um pedaço de madeira, uma garota mais velha com uma atadura no braço, uma criança de um ou dois anos com uma parte do cabelo faltando e um menino mais ou menos da minha idade piscando sem parar e segurando o ursinho mais sujo que eu já vi na vida.

— Se você não quiser que eu leia, pode falar — diz Barney. — Se as histórias forem confidenciais, tudo bem, a gente entende. Mas Zelda disse que você é um ótimo contador de histórias, e os pais de algumas das pessoas aqui estão desaparecidos, então acho que elas gostariam de ouvir uma história.

— Eu gostaria — diz a garota com uma atadura no braço.

— Eu gostaria — diz o menino que estava chorando.

— Eu gostaria — diz a garota de cabelos cacheados.

— Não — respondo.

Todos eles me olham desapontados.

— Felix — diz Zelda, irritada. — Todos nós queremos ouvir as suas histórias. Você não sabe de nada, não é?

Barney coloca uma das mãos no meu ombro.

— Tudo bem, Felix. A gente entende — diz ele, com ternura.

Eu sinto que estou muito agitado e sei o porquê. As histórias do meu caderno são idiotas. Enquanto eu escrevia essas histórias, meus pais eram perseguidos por toda a Europa pelos nazistas. E foram capturados.

— Essas histórias com certeza devem ser muito importantes para você — comenta Barney.

Não, não são, eu penso com amargura. Não são mais.

— De todo modo — diz Barney —, estamos contentes de ter você e Zelda aqui com a gente, não é mesmo, pessoal?

— Sim — responde a garota com um curativo no braço. E também Henryk, a garota de cabelos cacheados e a criancinha. O menino mastigando madeira continua só mastigando madeira e o menino piscando continua só piscando.

Ao olhar para eles vejo como ficaram desapontados por não poderem ouvir uma história.

Que chato.

— Zelda, e se você nos contasse uma história? — pergunta Barney.

Zelda se endireita na cadeira e ajeita o vestido esfarrapado até um pouco abaixo dos joelhos. Fico contente por ela não estar mais usando aquele pijama encharcado.

— Era uma vez — começa ela — duas crianças que viviam em um castelo no alto da montanha...

Ela para, me lança um olhar para que eu saiba que ainda está zangada comigo e então continua.

— Elas se chamavam Zelda e William...

Uma vez eu estava morando em um porão em uma cidade nazista com sete outras crianças, e não era ali que eu deveria estar.

Minha febre passou.

Não deveria estar aqui deitado, deveria estar lá fora procurando meus pais.

— Felix — diz Zelda, pulando na minha cama de saco. — Acorde, está na hora de levantar. Você está acordado?

— Sim — digo —, agora estou.

— Você tem que levantar — diz Zelda. — Você precisa contar uma história.

Eu não respondo.

— Você precisa — insiste Zelda. — Barney não me deixa mais contar. Ele disse que eu provoco muitas brigas. Não tem nada a ver, mas foi o que ele disse.

Eu me levanto. Estou desesperado para fazer xixi. Quando estava doente, Barney me deixava fazer xixi em uma garrafa, que ele deve ter levado embora.

— Onde fica o banheiro? — pergunto.

Zelda aponta. No escuro do porão só consigo ver alguns degraus de madeira saindo de um canto. Atrás dos degraus tem um balde.

Vou cambaleando até lá. Está cheio até a metade e fede muito, mas estou desesperado.

Quando estou lá, Zelda vem e observa. Quero me virar, mas não me viro. Órfãos merecem um pouco de diversão.

— Rápido — diz Zelda. — Não tem nada para fazer aqui. Queremos uma história.

Ao terminar, dou uma olhada pelo porão, mas não consigo ver os outros. Algumas frestas de luz atravessam o escuro e avisto várias camas de saco, mas não vejo Barney nem as outras crianças.

— Onde está o Barney? — pergunto.

— Foi buscar comida para a gente — responde Zelda.

— Onde estão as outras crianças? — digo.

Zelda não responde. Percebo que ela está prendendo o riso. Ela tenta não olhar para uma enorme pilha de casacos amontoados no chão do porão. De dentro da pilha saem risadinhas.

De repente os casacos começam a voar. As outras crianças estão no meio, reunidas em círculo, cobrindo a boca com as mãos e tentando conter o riso. Bom, a maioria delas. O menino que mastiga madeira está só mastigando madeira.

Não sei o que está acontecendo.

— É uma barraca — diz Zelda. — Queremos uma história de acampamento. Você não sabe de nada, não é?

As crianças estão rindo de mim agora.

De repente fico irritado. Tenho vontade de gritar com eles: *vocês* é que não sabem de nada. Nossos pais estão lá fora em uma cidade nazista perigosa. Os nazistas estão atirando nas pessoas. Eles podem estar atirando em nossos pais. Uma história não vai adiantar.

Mas não digo nada. Não é culpa deles. As crianças não entendem o que significa ter sido o responsável por colocar os próprios pais em risco. A única razão para eles não terem conseguido o visto para os Estados Unidos foi porque, quando eu tinha seis anos, perguntei ao homem do consulado se as pintas vermelhas no rosto dele eram por ter enfiado a cabeça na boca de um dragão.

— História — pede o pequeno Henryk, batendo palmas.

Os outros me olham cheios de esperança.

— Desculpem — digo. — Não tenho tempo para contar história agora. Preciso sair.

— Você não pode sair — avisa Zelda. — Estamos proibidos de sair.

Eu a ignoro e procuro a saída. O porão tem paredes de pedra e um chão de pedra, mas não há janelas. O teto é feito de tábuas de madeira. As frestas de luz vêm dos espaços entre as tábuas. Lá em cima deve haver uma saída.

Subo os degraus. No alto, tem uma porta quadrada nas tábuas do teto. O ferrolho está aberto. Empurro a porta, mas ela não abre.

— Está trancada pelo lado de fora — explica a garota mais velha com o curativo no braço. — Barney tranca.

Frustrado, dou um soco na porta.

— Shhhhh — dizem quase todas as crianças.

— Temos que fazer silêncio — fala Zelda. — Estamos nos escondendo.

— De quem? — pergunto descendo os degraus.

Logo que digo isso, me lembro dos nazistas empurrando as crianças para dentro do caminhão e percebo que é uma pergunta idiota.

— Adolf Hitler não gosta de crianças judias — diz a garota de cabelos cacheados.

— Adolf Hitler? — pergunto, surpreso. — O padre Ludwik diz que Adolf Hitler é um grande homem. Ele é o responsável pela Polônia. É o primeiro-ministro ou o rei ou algo assim.

Zelda me lança aquele seu olhar e diz:

— Adolf Hitler é o chefe dos nazistas. Você não sabe de nada, não é?

Eu a encaro.

— É verdade — confirma o menino que pisca, piscando mais forte do que nunca.

Eu olho para as outras crianças, que estão todas concordando.

Se todas estiverem certas, é inacreditável. Será que o padre Ludwik sabe disso?

— É por isso que temos que nos esconder — esclarece a garota com curativo no braço. — Todas as outras crianças judias das redondezas foram levadas embora pelos nazistas. Por ordem de Adolf Hitler. E nunca mais voltam. As únicas crianças que sobraram são as que estão escondidas como nós.

— Podemos começar a história agora? — pergunta Zelda.

Eu me sento no chão com eles. Estou completamente atordoado. De repente me lembro de outra história contada pelos meus pais sobre o motivo para eu ficar no orfanato. Eles disseram que assim eu poderia ir à escola enquanto eles viajavam para tentar reestruturar seu negócio. Eles contaram essa história tão bem que acreditei nela por três anos e oito meses.

Essa história salvou a minha vida.

Zelda e os outros estão arrastando casacos para cima de nossa cabeça para fazer uma barraca.

— Conte outra história sobre o menino no castelo — pede Henryk.

— Ele se chamava William — diz Zelda.

— Shhhh — diz a garota de cabelos cacheados. Ela está penteando o cabelo com uma escova repetidas vezes e isso deve doer. Ela sorri para mim. — Agora o Felix vai contar.

Tento pensar em algo. Algo que possa nos distrair das preocupações. Algo que nos faça esquecer que o homem mais poderoso de toda a Polônia nos odeia e odeia nossos pais e nossos livros.

— Um dia de manhã — começo —, William acorda em seu castelo. No café da manhã, ele encontra uma cenoura mágica em seu mingau.

— Uma cenoura mágica — interrompe Zelda. — Isso significa que ele tem direito a fazer três pedidos.

— Não necessariamente três pedidos — retruca o menino que pisca —, pode ser só um.

— São três — repete Zelda, indignada. — Se ele segurar a cenoura do jeito certo.

Solto um suspiro. Não estou no clima de contar histórias. Minha cabeça está agitada com tanta coisa.

— Olha — falo —, não vamos discutir outra vez. Que tal cada um dizer qual pedido faria se achasse uma cenoura mágica?

— Eu pediria meus pais de volta — fala Zelda. — Três vezes.

— Além dos pais, qual outro pedido vocês fariam? — pergunta a garota com curativo no braço.

Todo mundo franze a testa e pensa bastante.

— Cabelos ajeitados — responde a menina de cabelos cacheados, escovando-os sem parar.

— Seu cabelo é ajeitado, Ruth — diz a garota de curativo no braço. — É lindo.

Ruth sorri um pouco, mas continua escovando os cabelos.

— E você, Jacob? — pergunta a garota com o curativo no braço ao menino que pisca.

Jacob pisca ainda mais.

— Ia querer meu cachorro — diz ele.

— Eu também — fala Henryk. — E o cachorro da minha avó.

A garota com o curativo no braço faz um carinho no menininho e pergunta:

— Do que você gostaria, Janek?

— De uma cenoura — responde ele.

Todo mundo ri.

— Eu gostaria de ficar viva — diz a garota com curativo no braço.

Todo mundo ri de novo, menos eu e o menino que mastiga madeira.

Eu não entendo o motivo do riso.

— O nome dela é Chaya — comenta Ruth, ainda escovando os cabelos —, que significa "viva" em hebraico.

— Agora é sua vez — diz Chaya para mim.

Não consigo pensar em nada além de meus pais. E no desejo de que os pais de Zelda estivessem vivos. Mas não posso dizer nenhuma das duas coisas. Faço um sinal para o garoto que mastiga madeira falar antes.

Ele não responde. Nem mesmo me olha. Ele continua mastigando o que resta do pedaço de madeira que tem nas mãos.

— Você gostaria de ter o que sobrou da sua casa, Moshe? — pergunta Chaya, com delicadeza.

Moshe faz que sim com a cabeça sem deixar de mastigar, sem erguer os olhos.

— Vamos, Felix — diz Zelda. — Você tem que dizer alguma coisa. Use a imaginação.

Espero minha imaginação inventar alguma coisa.

Nada.

Ela não inventa mais nada.

Só consigo pensar que, se Adolf Hitler odeia as crianças judias, então talvez Deus, Jesus, a Virgem Maria e o papa também devem odiar.

— Ele não vai nos falar — diz Ruth.

— Ah, então vamos brincar de catar piolhos — sugere Henryk.

As crianças jogam os casacos para longe e vão se sentar embaixo das frestas de luz e começam a catar piolhos na cabeça e nas roupas uns dos outros.

Todo mundo, menos Zelda.

— Você é malvado — ela me diz.

— Desculpe — respondo.

Eu me deito na cama. Minha imaginação não quer ser incomodada com histórias, não agora. Minha imaginação só quer planejar como sair deste lugar e encontrar meus pais antes que eles sejam assassinados pelos nazistas de Adolf Hitler.

Uma vez escapei de um esconderijo no subsolo contando uma história. Era um pouco fora da realidade. Um pouco fantasiosa. Era fruto da minha imaginação, mas havia um certo exagero.

Era uma mentira.

— Barney — falei, puxando uma de suas mangas quando ele subia os degraus do porão.

Ele se virou, assustado, e quase deixou cair a vela. Pensou que eu estivesse dormindo como as outras crianças.

— Preciso ir com você — sussurro.

Barney franze a testa.

Começo a explicar por que preciso ir com ele.

Ele coloca o dedo nos lábios e faz um sinal para eu subir também. Eu o sigo e passamos pela porta que fica no teto do porão. Então me vejo em uma enorme sala cheia de máquinas velhas e empoeiradas.

Barney deixa sua bolsa de couro no chão, fecha lentamente a porta e a tranca com um cadeado.

Ele vê que estou olhando em volta e aponta para as máquinas.

— Prensas — diz. — Eram usadas para imprimir livros. Não agora, antes.

Entendo o que ele quer dizer. Antes de os nazistas pararem de gostar de livros. E de judeus.

— Então — diz Barney baixinho —, por que você precisa vir comigo?

Eu inspiro profundamente.

— Preciso encontrar meus pais — digo. — Com urgência. Porque eu tenho uma doença rara.

Barney pensa um pouco. E me olha de um jeito que, com certeza, demonstra compreensão.

Está tudo indo bem.

— Minha mãe e meu pai estão com os meus remédios — digo. — Para a minha doença rara. Se eu não tomar os remédios, minha doença rara vai piorar e eu posso até morrer.

Barney pensa mais um pouco.

— Qual é exatamente essa doença rara? — pergunta.

Nesse momento, entendo que ele está preocupado com as outras crianças, com medo de ser uma doença contagiosa. E com ele também.

— Não se preocupe, não é contagiosa — digo.

Os olhos de Barney brilham à luz das velas. Ele parece se divertir. Estou indignado. Ninguém deveria se divertir diante de outras pessoas que têm doenças raras. Então, digo:

— Se não encontrar meus pais e não tomar meu remédio nas próximas duas horas, vão nascer verrugas na minha barriga e meu xixi vai ficar verde.

Paro de falar. Talvez já tenha ido longe demais.

Agora Barney está até sorrindo.

— Zelda tem razão — comenta ele. — Você é um ótimo contador de histórias.

Droga, fui longe demais mesmo.

Barney de repente fica sério.

— Ela também contou que você não vê seus pais há quase quatro anos.

Fico ruborizado à luz das velas. Que erro grosseiro para um contador de histórias. Isso foi tão idiota quanto o padre Ludwik dizer que Adolf Hitler é um grande homem.

Tento desesperadamente pensar em um jeito de melhorar a história. Será que ele acreditaria se contasse que só preciso tomar o remédio a cada quatro anos?

Acho que não. É patético. Nem consigo mais contar uma história que possa salvar a minha vida. Ou a vida dos meus pais.

Barney coloca a mão no meu ombro e fico esperando que ele me leve de volta para o porão.

Mas não. Barney me dá a vela, pega sua bolsa e me conduz por uma enorme porta enferrujada na parede da gráfica.

— Estou feliz de você querer vir comigo, Felix.

— Por quê? — pergunto, surpreso.

De repente ele parece muito sério.

— Preciso contar uma coisa — diz ele. — Eu li uma das histórias no seu caderno.

Eu fico surpreso. Ele não parece o tipo de pessoa que leria o caderno dos outros sem permissão.

— Desculpe — diz ele. — Mas precisava descobrir alguma coisa sobre seus pais.

Antes que eu possa dizer qualquer coisa sobre as minhas histórias serem ridículas e fantasiosas, Barney segura o meu ombro e fita meus olhos:

— Você é um ótimo contador de histórias.

Eu não sei o que responder.

Antes que eu consiga pensar em algo, Barney continua:

— Estou feliz de você vir comigo, Felix, porque preciso da sua ajuda.

Paramos na porta da gráfica enquanto Barney olha de um lado para o outro da rua escura.

À luz da lua vejo um pequeno buraco na parte de trás de seu casaco de couro. Fico me perguntando se é um buraco de bala.

Será que Barney já tomou um tiro?

Será que alguém de sua família tomou um tiro?

Será que é por isso que ele está tomando conta dos filhos de outras pessoas em um porão?

Talvez não seja um buraco de bala. A chama de uma vela ou um rato poderia ter feito esse buraco. E Barney pode ser professor ou ter alguma outra profissão. Os nazistas podem ter queimado todos os livros na escola em que ele dava aula e então ele trouxe algumas crianças para esconder aqui.

— Essa é a parte perigosa — sussurra Barney, ainda espiando de um lado para o outro da rua. — Se alguém passar e nos vir saindo daqui, estamos acabados.

Quem sabe ele era um marinheiro?

— Vamos — diz Barney. — A barra está limpa, vamos lá.

As ruas da cidade estão sujas, há pedaços de papel e lixo por todo o canto. Alguns prédios estão em ruínas. O lugar todo está deserto. Sei que está de noite e tudo o mais, mas não vimos nenhuma pessoa, fora dois cadáveres na esquina.

Tento não chorar.

Barney nos faz atravessar a rua para o outro lado, mas está tudo bem, já vi que não são meus pais.

— Onde estão todas as outras pessoas? — pergunto.

— Dentro de casa — diz Barney. — Existe um toque de recolher, e isso significa que todo mundo tem que ficar em casa depois das sete da noite.

Seguimos por uma rua estreita com prédios residenciais dos dois lados. Não vejo ninguém nas janelas. Uma vez li que há luz elétrica nas cidades, mas não parece ter eletricidade por aqui.

Encontrar minha mãe e meu pai não vai ser fácil, mesmo se eu conseguir escapar de Barney enquanto ele estiver tentando arrumar comida.

— O que acontece se as pessoas não cumprem o toque de recolher? — pergunto.

— Levam um tiro — responde Barney.

Olho para ele, assustado. Pelo seu tom de voz, entendo que ele não está brincando.

Ele levanta sua bolsa de couro.

— Vai dar tudo certo — diz.

Fico tentando imaginar o que tem dentro da bolsa. Dinheiro, talvez. Ou algo para os nazistas. Espero que não sejam armas para eles atirarem nos livreiros judeus.

Mudo de assunto.

— Por que existe um toque de recolher? — pergunto.

Meu pai me ensinou que devemos usar cada palavra nova ou expressão o máximo que pudermos depois que a ouvimos pela primeira vez.

— Isso aqui é um gueto — explica Barney. — É uma parte da cidade reservada para os judeus. São os nazistas que dão as regras aqui.

Penso um pouco.

Barney bate em uma porta e, enquanto espera, se vira para mim com uma expressão séria.

— Felix — diz ele —, pode ser que você não consiga encontrar os seus pais. Sei que é uma coisa dura de ouvir, mas pode acontecer.

É uma coisa dura de ouvir.

Felizmente ele está errado.

— Os judeus trazidos para a cidade estão todos neste gueto ou existem outros guetos com toques de recolher? — pergunto.

Barney não responde.

Talvez eu não tenha usado direito as novas palavras.

Uma mulher nos leva para um quarto nos fundos do apartamento. Há muitas pessoas no cômodo, todas usam casacos e estão de pé ao redor da cama. O homem deitado na cama também está vestindo um casaco. Ele segura a própria cabeça e geme.

— Por favor, a lamparina — diz Barney.

Alguém passa a lamparina para Barney. Ele se inclina na cama e olha dentro da boca do homem, que geme ainda mais alto.

Observo as outras pessoas. Elas não parecem muito bem, embora nenhuma esteja gemendo.

Barney abre a bolsa e tira de dentro dela um pacote com hastes de metal e pedaços de couro. Ele junta as hastes usando rodinhas de metal para fazer uma espécie de braço de robô. Da bolsa, tira um pedal de máquina de costura Singer, igual à que a sra. Glick tinha. Ele prende as hastes ao pedal com os pedaços de couro.

Minha imaginação está agitadíssima. Será que Barney vai ensinar às pessoas a remendar as roupas? Os casacos estão um pouco esfarrapados. Ou será que é uma máquina que ele inventou que ajuda as pessoas a plantarem comida dentro de casa? De fato tem umas partes úmidas nas paredes e as pessoas parecem estar esfomeadas.

Afinal, estamos em 1942 e tudo é possível.

— Água salgada — fala Barney.

Enquanto duas pessoas pegam água de um balde, Barney prende uma pequena agulha a uma das extremidades do braço de robô e pressiona o pedal da máquina de costura. Os pedaços de couro fazem a agulha girar muito rápido, produzindo um zumbido bem alto.

Nesse momento percebo o que Barney acabou de montar.

Uma broca de dentista.

Barney dá ao homem um copo de água salgada e uma tigela de metal.

— Bocheche e cuspa — diz ele.

O homem obedece.

Estou deslumbrado. Tiro os óculos, limpo bem as lentes com a camisa e os coloco de volta.

Barney é dentista.

Uma vez minha mãe foi ao dentista. Eu e meu pai encontramos com ele na sala de espera. Ele era muito diferente de Barney. Era um homem careca e magro, tinha uma voz estridente e não atendia em casa.

— Felix — diz Barney —, venha aqui, por favor.

Eu tomo um susto. Barney quer que eu o ajude. Nunca fui assistente de dentista antes. Será que vai ter sangue?

Passo espremido entre as pessoas até chegar ao lado de Barney. Ele tirou o vidro de cima da lamparina e está colocando a ponta da broca na chama. Já ouvi dizer que o calor mata os germes.

— Felix, você poderia contar uma história para o paciente? — pede Barney, mergulhando a ponta da broca na água que o homem cuspiu na tigela.

A água borbulha enquanto a broca esfria. Minha cabeça também fervilha com tanta confusão.

Uma história?

Nesse instante, entendo tudo. Quando minha mãe foi ao dentista, ela tomou uma anestesia para amenizar a dor. Mas Barney não deu nenhuma injeção no paciente. Os tempos são duros e não deve haver muitos remédios para amenizar a dor nos guetos com toques de recolher.

De repente, sinto minha boca ficar seca. Nunca contei uma história para distrair ninguém da dor. E quando contei todas aquelas histórias sobre os meus pais, eu queria acreditar nelas. Além disso, eu não estava com uma broca na boca.

Quanta responsabilidade.

— Abra bem — pede Barney.

Ele começa a desbastar o dente.

— Pode começar, Felix — diz.

Os grunhidos do homem, os rangidos da broca e o cheiro de queimado saindo da boca do paciente atrapalham minha concentração, mas me esforço.

— Uma vez, um menino chamado William vivia em um castelo no alto da montanha. Ele tinha uma cenoura mágica.

O paciente não olha mais para o Barney, ele olha para mim.

— Se ele segurasse a cenoura de um jeito específico — continuo —, teria direito a fazer três pedidos. Poderia pedir qualquer coisa. Poderia até pedir os pais dele de volta ou um pedaço de bolo.

Barney bate em outra porta. Uma enorme porta na frente de um prédio alto.

— Este será diferente — diz ele. — Mas você vai se sair bem.

— Espero que sim — respondo.

Sinto dor nos pés por causa das bolhas e estou um pouco preocupado com a bandeira nazista balançando em cima da gente.

Barney põe a mão no meu ombro.

— Você fez um ótimo trabalho — elogia ele. — Coitado do sr. Grecki, ele estava sentindo muita dor, mas a sua história o ajudou bastante. Ótimo trabalho.

Eu me sinto radiante, algo que não acontece há anos, desde a última vez em que ajudei minha mãe e meu pai a limpar as estantes e endireitar os cantos dobrados das páginas dos livros.

É verdade, o sr. Grecki me agradeceu muito. Ele e a família ficaram bem tristes quando perguntei se tinham visto meus pais, eles responderam que não.

A porta abre.

Quase desmaio.

Um soldado nazista está olhando para a gente.

Barney diz algo a ele na língua nazista e aponta para a bolsa de dentista. O soldado assente e nós o seguimos. Ao subirmos os degraus, Barney sussurra para mim:

— Esse paciente é alemão. Conte a ele uma bela história sobre a Alemanha.

De repente fico muito nervoso. Eu não sei quase nada sobre a Alemanha. Acho que li em algum lugar que é um país totalmente plano e que onde há muitos moinhos de vento, mas posso estar enganado.

— Eu não sei falar alemão — digo murmurando.

— Não faz mal — retruca Barney. — Fale em polonês que eu traduzo.

O soldado nos leva para um quarto no andar de cima e vou ficando cada vez mais nervoso.

O paciente é um oficial nazista. Não é o que atirou quando chegamos à cidade, mas talvez seja amigo dele. Ele está esparramado em uma poltrona segurando o próprio rosto e quando nos vê lança um olhar mal-humorado, como se nos culpasse pela dor de dente.

Barney pega a broca. Dessa vez ele não pede água salgada. Deve ser porque o oficial nazista já está dando alguns goles em uma garrafa. Não sei o que ele está bebendo, mas tem um cheiro muito forte. Ele está enxaguando a boca, mas não está cuspindo.

Não entendo. Por que Barney está cuidando do dente de um nazista? E por que o exército nazista alemão não tem os próprios dentistas? Talvez os oficiais não gostem deles porque são muito grosseiros e usam baionetas no lugar de brocas.

Barney pega uma lâmpada e olha dentro da boca do oficial nazista.

É incrível. Nunca vi isso antes. A lâmpada está ligada a um fio. Deve ser a luz elétrica.

— Pode começar, Felix — diz Barney.

Ele quer que eu comece. Minha cabeça dá um branco. Que história eu poderia contar a um oficial nazista de mau humor? Queria falar que queimar livros e atirar em pessoas inocentes também provoca dor de dente, mas acho que é melhor não arriscar.

O soldado volta com uma sacola abarrotada de tecidos, com um pedaço de pão quase sem nenhum mofo no alto, alguns nabos e um repolho.

— Obrigado — diz Barney ao começar com a broca.

Agora entendo. É por isso que estamos oferecendo tratamento dentário para esse nazista, quando poderíamos estar tratando um pobre judeu.

Para conseguir comida.

Lembro das crianças no porão. Ainda não contei uma história para elas, mas agora vou contar uma história por elas.

— Uma vez — digo ao oficial nazista —, dois corajosos livreiros, quero dizer, soldados alemães estavam tentando abrir caminho no meio de uma selva africana. A missão deles era chegar a um vilarejo para consertar um moinho de vento.

Barney traduz.

Começo a inventar a história mais incrível e emocionante que sou capaz, com muitos animais ferozes e selvagens e insetos venenosos que dizem coisas boas sobre Adolf Hitler.

O oficial nazista parece interessado. Bom, pelo menos não está atirando em ninguém. Mas ele pode atirar a qualquer momento.

Faço um esforço enorme para manter a voz calma.

Quero fazer um bom trabalho para que esse paciente fique tão agradecido quanto o anterior. Assim, depois de tudo, quando a broca parar e a história acabar, ele será generoso e simpático comigo.

Nesse momento poderei perguntar se ele sabe onde estão meus pais.

UMA VEZ um dentista não me deixou perguntar a um oficial nazista sobre o paradeiro dos meus pais e eu fiquei furioso.

Ainda estou, mesmo depois de dormir e de passar um bom tempo sentado no balde.

Quero quebrar em pedacinhos essa maldita escova de dentes que ele fez pra mim. Por isso estou escovando os dentes com tanta força.

O oficial nazista estava sorrindo quando cheguei no meio da história. E quando contei que os dois soldados alemães transformaram o moinho de vento em uma gigantesca bomba-d'água e construíram um lago para as crianças africanas patinarem no gelo, ele estava rindo. E mesmo depois que Barney acabou, ele me fez continuar a contar a história.

Por fim, o oficial nazista pediu que eu escrevesse a história para que ele pudesse enviá-la aos seus filhos, que estão em casa.

É claro que eu disse que sim.

Disse que escreveria em polonês e que precisaria de alguns dias. Ele não se importou, só pediu que eu enviasse a história quando estivesse pronta. Acho que ele não é amigo do outro oficial nazista, o assassino. Acho que quando souber o que aconteceu com os meus pais, vai querer ajudá-los.

Mas antes que eu pudesse falar com ele, Barney me arrastou embora, com a sacola de comida.

— Perigoso demais — falou Barney já na rua, mas não explicou o motivo.

Essa escova de dentes não quebra. É feita de madeira e cerdas, mas acho que Barney deve ter algum segredo de dentista para ela ser tão resistente.

— Felix — diz uma voz abafada.

Olho para baixo e vejo Zelda querendo dividir comigo a tigela de escovar os dentes. Ela já está com a boca cheia de espuma da pasta de dente que o Barney fez com pó de giz e sabonete.

— Quando você saiu com o Barney na noite passada, encontrou os nossos pais? — pergunta ela.

Não sei o que dizer.

Os olhos dela estão brilhando de esperança por cima da espuma e de repente me sinto péssimo. Estou aqui praguejando por ter que esperar dois dias para conversar com um oficial nazista e a pobrezinha da Zelda ainda nem sabe que seus pais estão mortos.

O rosto dela desmorona.

— Você não encontrou ninguém? — pergunta.

Eu balanço a cabeça.

Nós nos entreolhamos. Tento inventar uma história para dizer que os pais não são assim tão importantes, mas não consigo, porque, na verdade, eles são.

— Sei de um lugar onde a gente consegue ver nossos pais — diz Zelda.

Sorrio com tristeza. Ao menos ela está aprendendo a usar a imaginação.

— Lá em cima — diz.

Eu olho para onde ela aponta. Uma fresta de luz, maior do que as outras, atravessa uma rachadura bem no encontro de uma das paredes com o teto.

— Jacob disse que dali ele consegue ver a rua do lado de fora — diz Zelda.

Solto um suspiro. Nesses tempos todo mundo virou contador de histórias.

— É verdade — confirma uma voz atrás de mim.

Jacob levanta da sua cama e está piscando, indignado. As outras crianças também estão acordando.

— É fácil — diz Jacob. — Você faz uma pilha de camas e sobe. Eu subi na noite passada.

— Ele subiu — declara Zelda. — Mas ele não me deixa subir.

Eu olho para os dois. Eles estão falando a verdade. Quando as pessoas mentem, a espuma da pasta de dente cai.

— Vamos agora — diz Zelda, animada.

Dou uma espiada no outro lado do porão. Barney ainda está na cama, roncando. Quando sai à noite, ele vai dormir bem tarde.

— Vamos — respondo.

Vale a pena tentar. E não só por mim. Pode ser bom para a Zelda também. Pode ser que ela veja uma tia ou um tio ou algum outro parente.


— Ainda não estou vendo meus pais — diz Zelda. — Você está vendo os seus?

— Ainda não — respondo.

Dou uma pisada firme na pilha vacilante de camas, agarro com firmeza o braço de Zelda para que a gente não caia, ajeito meus óculos na rachadura da parede e tento ver alguma coisa além de pés e pernas. Este é o problema de olhar para a rua no nível do chão: a gente não consegue ver a parte de cima das pessoas.

Tudo é uma confusão. Vejo centenas de pés e pernas circulando. Com tantos judeus assim na Polônia como será que a livraria dos meus pais não vendia bem?

— Estou vendo o pé da minha mãe! — grita Zelda. — Ali, com o sapato marrom dela.

— Shhh — diz Chaya, lá de baixo. — Você vai acordar o Barney.

— Não vai, não — diz Jacob, com a voz distorcida por estar ajudando Chaya a escalar a pilha de camas. — O Barney tem o sono pesado.

Os olhos de Zelda estão espremidos na rachadura da parede.

— Ali, ali — grita ela —, os pés da minha mãe.

Sei bem como a Zelda se sente. Eu também achei que tivesse visto os sapatos verde-escuros do meu pai. Até que vi outro par igual. E depois mais três.

Tento ver se algum dos pés e pernas está fazendo coisas que minha mãe e meu pai faziam, tipo carregar pilhas de livros ou ter discussões sobre livros ou ler o livro de alguém espiando por cima dos ombros.

Não sei dizer. Os pés e as pernas podem estar fazendo qualquer coisa. Identifico dois pares de pernas logo ali. Pertencem a dois homens que estão lutando no chão por um pedaço de pão. E aquelas outras pertencem a um homem que acabou de cair e está deitado na calçada enquanto pessoas pulam por cima dele para passar. Mas os outros pés e as outras pernas podem pertencer a qualquer pessoa. A única coisa que posso dizer com certeza é que nenhum é de criança.

Pressiono o nariz contra a rachadura na parede e tento sentir o cheiro do perfume da minha mãe.

Nada.

Comprimo a orelha contra a rachadura e tento ouvir as vozes da minha mãe e do meu pai.

Tudo o que consigo ouvir são os caminhões chegando e as pessoas gritando. Alguns gritos parecem ser de soldados alemães.

De repente todos os pés e pernas estão se dispersando e fugindo.

— Mãe! — grita Zelda.

Ela está pulando para cima e para baixo. A pilha de camas debaixo da gente começa a cair.

— Cuidado — grita Jacob.

Eu despenco no chão.

Por sorte, as camas amortecem minha queda. E a de Jacob. Quando minha cabeça para de girar e encontro meus óculos, ajudo-o a sair de baixo dos sacos. E quase esbarro em Barney, que está em pé, com as mãos na cintura, olhando para a gente.

Ainda não posso dar atenção a ele, não até ter certeza de que a Zelda esteja bem. Se ela tiver caído nesse chão de pedra...

Ufa, aqui está Zelda, engatinhando.

— Cadê meu chinelo? — diz ela. — Preciso calçar meu chinelo para ir ver minha mãe.

Ela está desesperada procurando e eu me dou conta de que preciso contar a ela. Não quero, e não sei como fazer isso, mas tenho que contar. Tadinha, ela não pode continuar assim. Ela precisa saber a verdade.

— Você tem certeza de que os dois morreram? — pergunta Barney, baixinho, enquanto vemos as outras crianças arrumando as camas e Zelda calçando os chinelos.

Faço que sim com a cabeça.

Conto que fiz um teste colocando uma pena na respiração deles para ter certeza.

— Atiraram neles — digo. — E nas galinhas.

Tento não pensar no sangue.

Barney franze as sobrancelhas.

— Você tem razão — diz ele. — Zelda precisa saber.

Fico esperando, mas ele não diz mais nada.

— Você vai contar a ela? — pergunto.

Barney franze ainda mais as sobrancelhas.

— Acho que é melhor você contar — diz ele. — Vocês já passaram por muita coisa juntos e ela confia em você. E você estava lá.

Era isso o que eu mais temia.

— Eu não sei como contar a ela — digo baixinho.

Barney olha para mim. Não tinha reparado antes que os olhos dele são muito vermelhos. Deve ser porque ele trabalha à noite.

— Basta você contar a ela o que viu — diz ele. — Não precisa inventar nada.

— Está bem — respondo.

Gostaria de poder inventar coisas para contar a Zelda. Gostaria de lhe contar uma história feliz. Sobre como meus óculos ficaram empenados por causa do calor das chamas, uma história em que seus pais não estão mortos, estão apenas passando férias em uma ilha deserta onde tem uma confeitaria, e que voltarão para buscá-la assim que acabarem de se bronzear.

Mas não posso.

Eu conto a Zelda o que vi.

Ela não acredita em mim.

— Não! — grita ela, se jogando na cama de saco.

Barney coloca a mão delicadamente no ombro dela. As outras crianças assistem em silêncio, com o olhar triste.

Conto de novo, sem inventar nada.

Desta vez ela não grita. Durante um longo tempo seu corpo se mexe nos braços de Barney sem produzir nenhum som.

Também estou tremendo, um pouco por lembrar tudo o que vi, um pouco porque, para Zelda, foi a minha história que fez os pais dela morrerem.

Agora as outras crianças também começaram a chorar.

Ruth para de escovar os cabelos e deixa as lágrimas caírem.

— Um dia — diz ela, sussurrando — alguns duendes bateram no meu pai com pedaços de pau. Bateram até ele morrer.

Barney alcança a mão dela e a segura com força.

Jacob está soluçando também.

— A vovó foi queimada — diz, com as lágrimas pingando das suas piscadelas. — Cheguei em casa da escola e estavam todos queimados. Vovó e Popi e Elie e Martha e Olek.

Henryk se levanta e chuta a própria cama.

— Odeio os duendes — retruca. — Eles mataram Sigi e cortaram o rabo dele.

Chaya coloca o braço bom em volta de Henryk e o abraça enquanto ele chora. Ela abaixa o rosto meigo e fala baixinho:

— Uma vez havia uma princesa que morava em um castelo. Era um pequeno castelo, mas a princesa amava aquele lugar e amava a sua família, que também morava ali. Então um dia os malvados duendes chegaram procurando informações sobre seus inimigos. Eles acharam que a princesa teria essas informações, mas ela não sabia de nada. Para obrigá-la a contar, os duendes deram à princesa três opções. Ou eles machucariam ela, ou machucariam as pessoas mais velhas, ou machucariam os bebês.

Chaya faz uma pausa tremendo e olhando para o chão. Entendo como é difícil para ela continuar a história.

— A princesa escolhe a primeira opção — diz, lentamente. — Mas como ela não sabia de nada, os duendes acabaram fazendo as três coisas.

Todos estamos chorando agora. Moshe ainda está mastigando sua madeira, mas também há lágrimas escorrendo por seu rosto.

Um porão inteiro cheio de lágrimas.

Pego a mão de Chaya por um momento. Depois me levanto e Barney me deixa dar um abraço na Zelda. A tristeza sacode todo o corpo dela.

Ao meu redor, essas pobres crianças estão chorando por suas famílias mortas.

Minhas lágrimas são diferentes.

Sinto que sou um menino de sorte porque sei que, em algum lugar, minha mãe e meu pai ainda estão vivos.

UMA VEZ contei a Zelda uma história que a fez chorar e depois fiquei deitado ao seu lado na cama de saco por muitas horas até ela adormecer. Em seguida comecei a escrever a história africana para o oficial nazista, até eu mesmo pegar no sono também.

Agora Barney está me sacudindo.

— Felix — sussurra ele. — Estamos sem água. Preciso que você venha comigo me ajudar a achar mais.

Eu me sento na cama e guardo o caderno dentro da camisa. Pego os sapatos e os pedaços de pano para enrolar nos pés.

— Experimente essas aqui — diz Barney e me passa um par de botas. Olho para elas à luz das velas.

Estão quase novas. Nunca tive um par de botas quase novas assim. Quando eu era pequeno, meus pais conseguiam para mim sapatos de outras famílias que tinham filhos mais velhos que gostavam de ler.

Eu calço as botas.

Elas cabem.

— Obrigado — digo. — Onde você conseguiu essas botas?

Barney não quer me dizer. Eu me lembro de uma coisa que ele falou.

— Você não precisa inventar nada — acrescento.

Barney sorri.

— Comprei — diz ele — Por três nabos.

Olho para ele, horrorizado. Três nabos é um dinheirão. Com três nabos, daria para fazer uma sopa para todos nós.

— Para encontrar água é preciso ter bons sapatos para correr — diz Barney. — Se a água resolve escapar...

Olho os sapatos de Barney. Os dois estão rasgados e amarrados com cordas.

Barney percebe que estou olhando.

— Tudo bem — diz ele baixinho. — Vou falar a verdade. Comprei as botas porque todo mundo merece ter alguma coisa boa na vida pelo menos uma vez.

Não sei o que dizer. É uma das coisas mais gentis que já ouvi em toda a minha vida, até mesmo nas histórias.

— Obrigado — eu sussurro. — Mas...

Estou confuso. Com certeza Barney sabe que tenho muitas outras coisas boas na vida. Provavelmente mais do que qualquer um nesse porão.

Barney tranca a porta e eu sigo atrás dele na escuridão da gráfica, um balde vazio em cada mão, meus pés confortáveis e gratos dentro das novas botas.

Ao nos aproximarmos da grande porta empoeirada, Barney de súbito sopra a vela e leva o dedo aos meus lábios.

Também estou ouvindo. Vozes e passos na rua.

Já passou da hora do toque de recolher. Todo mundo deveria estar em casa.

Rastejamos até uma janela. Barney limpa um pedacinho do vidro empoeirado e a gente espia.

A rua está cheia de gente, todo mundo caminha à luz da lua, indo na mesma direção. São todos judeus, pois estão usando braçadeiras. Alguns estão carregando malas e trouxas. As pessoas estão tão próximas que, mesmo com o vidro, consigo ouvir suas vozes.

— Sim, mas onde? — diz uma mulher de cachecol.

Um homem com o braço em volta dela revira os olhos. Ele parece já ter feito isso antes, então é provável que seja seu marido.

— Não sei direito — responde ele. — Para o campo. Será que importa onde? Para cada dia de trabalho, recebemos um pedaço de pão, linguiça e geleia. Só isso importa.

O marido e a mulher agora já estão longe e não consigo mais ouvir o que dizem porque suas vozes se misturam com as outras.

Um homem falando mais alto está passando pela janela.

— Por favor — diz ele —, aonde vai dar esse caminho? Rússia? Romênia? Hungria? Você deve saber para onde estamos indo.

Eu me encolho. Percebo que ele está falando com um soldado nazista.

— Para o campo — diz o soldado. — Bonito. Muita comida. Trabalho fácil.

Eu me viro para Barney para ver se ele está pensando o mesmo que eu.

Os nazistas estão levando os judeus para trabalhar no campo. Nas fazendas, talvez, ou cuidando de ovelhas. Qualquer coisa que tire a atenção deles dos livros.

Isso quer dizer que meus pais devem estar lá.

— Barney — eu sussurro. — Podemos ir também? Zelda e Henryk e todos nós?

Barney me olha como se essa fosse a pior ideia que alguém já teve na face da Terra.

— Não — diz ele.

— Mas pode ser bom — acrescento. — Se um fazendeiro nos deixar viver no seu celeiro, podemos fazer queijo para vender.

Barney não está nem ouvindo, só espiando pela janela.

Agora a rua ficou vazia. Ouço os últimos judeus e os soldados nazistas desaparecendo ao longe.

— Vamos — diz Barney, destrancando a grande porta. — Temos que achar água. Vamos lá.

No ar frio da noite, meus pensamentos estão claros.

Não falo mais nada sobre o campo. Já sei o que vou fazer. Quando eu e Barney tivermos achado água e a levado de volta para o porão, vou terminar de escrever a história africana e dar para o soldado nazista e perguntar a ele para qual parte do campo minha mãe e meu pai foram levados.

Depois acordo Zelda e vamos, nós dois, para lá.

Não estou acreditando. Barney entrou no apartamento sem bater. Ele olhou para os dois lados para ver se não tinha ninguém, empurrou a porta e entrou sem pedir licença.

Por sorte, o corredor estava vazio.

— É seu apartamento? — perguntei.

— Não — respondeu. Acho que ele está repetindo demais essa palavra hoje.

Ele para no hall de entrada. Seus ombros fazem um movimento para baixo. Vejo o que chamou sua atenção. No chão tem um castiçal de velas. Está totalmente esmagado, como se alguém tivesse pisado em cima dele.

— É a casa de uns amigos — diz Barney baixinho.

Entendo. Eles devem ter ido trabalhar no campo e se esqueceram de trancar a porta.

Sigo Barney até um quarto. É um tipo de quarto diferente. Levo um tempo para entender o que é.

Uma cadeira grande de couro.

Duas pias.

Uma broca que é um braço mecânico.

Agora entendi. É um consultório de dentista.

— Veja se tem água — pede Barney.

Não perco tempo. Vou com os baldes até uma das pias e giro a torneira. Nada.

— Acabou — digo.

Barney está fazendo uma inspeção pelas canecas e enfiando algumas coisas nos bolsos. Seringas de metal. Pacotes de agulhas. Pequenas garrafas com líquidos.

— Isso não é água, certo? — pergunto, confuso.

Barney me olha e tenho a sensação de que ele preferiria que eu não tivesse visto o que ele está fazendo.

— É um remédio — explica ele. — Os dentistas usam para amenizar a dor de seus pacientes.

— Já sei o que é — digo. — Minha mãe usou uma vez.

Barney se aproxima e se abaixa para ficar na altura do meu rosto.

— Não quero que você nem as outras crianças cheguem perto disso — diz ele, mostrando uma das garrafinhas. — Isso aqui é muito perigoso. Só os dentistas podem pegar.

— Por que é perigoso? — pergunto.

— Se uma pessoa tomar muito disso aqui — diz Barney —, vai dormir profundamente e nunca mais vai acordar.

Alguma coisa no modo como ele diz isso provoca em mim um frio na espinha. Mas ao menos seus pacientes terão algo para amenizar a dor quando eu estiver no campo com minha mãe, meu pai e Zelda, e não puder mais contar histórias para eles.

Então lembro o motivo para estarmos aqui.

— Vou procurar água nos outros quartos — digo.

— Tem um banheiro descendo o corredor — diz Barney.

Vamos até o banheiro e logo vejo que estamos com sorte. A banheira está cheia de água. Pego um pouco com um dos baldes.

— Espere — diz Barney, pegando o balde da minha mão e jogando a água de volta. — Alguém tomou banho aqui. A água está suja, melhor não arriscar.

Eu olho para a água meio confuso.

Não está suja. Tem só um pouquinho de espuma de sabonete e alguns fios de cabelo. Uma pessoa esteve ali, no máximo duas. Se Barney quisesse saber o que é água suja tinha que ir a um orfanato em uma das noites em que as crianças tomam banho. Aqui não tem nem areia, ao menos não que eu possa ver.

— Vá até a cozinha ver se tem alguma comida — pede Barney. — Vou encher os baldes com essa outra água aqui.

Ele levanta a tampa da cisterna da privada. Tenho que admitir que é uma ótima ideia. No mínimo dois baldes de água limpa.

Vou até a cozinha, tentando entender o motivo para o chão do hall estar coberto de utensílios.

Na cozinha as coisas estão ainda piores. O chão está cheio de pratos quebrados e pedaços de comida. Eu me agacho, imaginando se o Barney vai reclamar por ter comida no chão.

Então percebo que tem mais alguém no cômodo.

Ai.

Uma criancinha, de mais ou menos 2 anos, em uma cadeira de bebê.

Não consigo ver se é menina ou menino porque tem muito sangue espalhado pelo corpinho.

Ai.

Eu dou um grito para o Barney.

Ele vem correndo e quase cai ao ver essa cena horrível, mas logo me agarra e me arrasta para o hall.

— É uma criancinha — digo, soluçando. — Eles não deveriam atirar em uma criancinha.

— Shhhh — diz Barney. Parece que ele também está soluçando. Ele empurra meu rosto para dentro do seu casaco.

— Por que os pais não fizeram nada? — eu soluço. — Por que não levaram a criança para o campo?

Barney está tremendo e me abraça com força. A voz dele também treme:

— Às vezes, os pais não conseguem proteger os filhos, embora amem seus filhos mais do que qualquer coisa no mundo. Às vezes, mesmo quando tentam com todas as forças, não podem salvá-los.

Sinto as lágrimas de Barney em cima de mim. Durante um tempo ele não diz nada, só passa a mão sobre a minha cabeça.

Eu seguro sua mão.

Algo me diz que ele também precisa de consolo.

— Sua mãe e seu pai amavam você, Felix — diz Barney. — Eles fizeram tudo o que podiam para protegê-lo.

Amavam? Por que ele está dizendo como se fosse no passado?

— Vou encontrar meus pais — digo. — Vou morar no campo com eles.

Barney dá um grande suspiro de dor.

— Não existe campo — diz ele lentamente. — Os nazistas não estão levando ninguém para o campo. Estão levando os judeus embora para matar todo mundo.

Eu olho para ele.

Como assim?

Essa é a história mais idiota que eu já ouvi. Será que ele não viu o que o soldado nazista disse aos judeus do lado de fora da janela?

Começo a chutar e a me debater para me desvencilhar dele e poder ir encontrar minha mãe e meu pai antes que os nazistas levem os dois para o campo. Mas Barney está me segurando firme. Ele tem os braços muito fortes. Não consigo me soltar.

— É verdade, Felix — diz Barney. Pela sua voz, parece que ele está em um funeral.

— Como você sabe? — pergunto, gritando.

— Um homem escapou de um dos campos de extermínio — explica ele — e veio ao gueto tentar avisar quem estava aqui.

Minha cabeça está doendo.

Campos de extermínio?

— Você está inventando isso — digo, gritando com Barney. — Se fosse verdade, você teria avisado as pessoas hoje à noite.

Sinto o peito dele arfando um bom tempo antes de conseguir responder.

— Eles não teriam acreditado em mim — diz. — Não acreditaram no homem do campo de extermínio. Nem mesmo depois de os nazistas o terem matado. E eu preciso estar vivo para tomar conta de você e dos outros.

Está na expressão do rosto de Barney, estou vendo.

Ele diz a verdade.

Ai, mãe.

Ai, pai.

Minha cabeça ficou confusa, tento pensar em um jeito de eles fugirem, em lugares onde eles podem estar escondidos, em motivos para não ter acontecido nada com eles.

Toda vez que começo a pensar em alguma coisa me lembro da pobre criancinha na cozinha.

Barney ainda me abraça com força e eu sinto as seringas de metal no bolso do seu casaco apertando a minha bochecha.

De repente quero que ele aplique em mim uma dessas seringas para que eu possa dormir profundamente e nunca mais acordar e nunca mais me sentir tão mal assim.

UMA VEZ eu adorava as histórias, mas agora detesto.

Detesto as histórias sobre Deus, Jesus, Maria e todos os outros e essa ideia de que eles deveriam estar protegendo a gente.

Detesto as histórias sobre a vida agradável no campo com muita comida e trabalho fácil.

Detesto as histórias sobre pais que dizem que voltarão para buscar os filhos e nunca voltam.

Fico rolando na cama. Aperto o rosto dentro do saco para não ter que ouvir a história idiota que Barney está contando para as crianças no outro lado do porão. Nunca mais quero ouvir outra história. Nunca mais quero escrever outra história. Nunca mais quero ler um livro. O que os livros trouxeram de bom para mim, para minha mãe e meu pai? Teria sido melhor ter armas.

— Felix — diz uma voz fraca no meu ouvido.

É Zelda.

Prefiro ignorar.

— Seus pais também morreram? — pergunta ela.

Eu não respondo.

Sinto que ela está colocando alguma coisa ao redor do meu pescoço. É o seu colar de prata com o pingente de um coração pequenino.

— Isso é para você se sentir melhor — diz ela.

Não quero me sentir melhor.

Não quero sentir nada.

Só quero ser como o oficial nazista, o assassino. Frio e duro e indiferente com as pessoas.

Zelda passa a mão na minha cabeça.

Tento ignorar o carinho que ela faz. Mas não consigo, algo está errado.

A mão dela está quente.

Muito quente.

Eu me sento e olho para ela. Seu rosto está pálido. Encosto na bochecha dela e vejo que a pele está queimando.

— Estou com febre — sussurra ela. — Você não sabe de nada, não é?

Então os olhos dela reviram e Zelda tomba no chão.

— Barney, rápido! — grito com a voz em pânico. — Zelda não está bem.

— Não gosto que você saia sozinho — diz Barney.

Estou vendo que ele não gosta. Nunca o tinha visto tão preocupado. Durante o revezamento que fizemos ao longo do dia para passar panos úmidos na testa de Zelda, Barney ficou nos dizendo que ela ficaria bem. Mas assim que as outras crianças se cansaram e foram para a cama, ele começou a parecer cada vez mais preocupado.

— Chaya não pode correr com o braço machucado — diz ele. — Jacob, Ruth e Moshe ficam com muito medo quando estão lá fora, e os outros são muito novos.

— Vou ficar bem sozinho — digo.

— Não posso deixar Zelda aqui assim — diz Barney, mergulhando o pano no balde de água e apertando delicadamente na testa da menina. — Mas ela precisa de uma aspirina. Se não conseguirmos baixar a temperatura dela nas próximas horas...

Ele para de falar porque os olhos de Zelda abriram trêmulos.

— Estou com calor — diz ela, meio rouca.

Levo uma xícara até seus lábios pálidos, e ela bebe um pouco.

— Você vai encontrar aspirina naquela sala de dentista em que estivemos ontem — diz Barney.

Eu não digo nada.

Tento não pensar no que tem na cozinha daquele apartamento.

— Mas se você não quiser voltar lá, tem apartamentos vazios em quase todos os prédios — diz Barney — E é quase certo que você achará aspirina em um deles. Em algum banheiro ou cozinha ou nas gavetas de uma mesinha de cabeceira.

Faço que sim com a cabeça. Eu conheço aspirina. A madre Minka tinha dor de cabeça por rezar demais.

— Você tem certeza de que consegue fazer isso? — pergunta Barney.

— Tenho — respondo.

Eu sei o que Barney ia dizer antes de Zelda abrir os olhos. Se não conseguirmos baixar a temperatura dela nas próximas horas, ela vai morrer.

Tenho que encontrar uma aspirina.

E tem algo mais que preciso trazer para ela também.

*

Saio calmamente do nosso prédio sem ninguém me ver.

As ruas do gueto estão diferentes esta noite.

Como sempre, estão escuras e assustadoras e cheias de lixo, mas não estão mais tão desertas. Os caminhões nazistas estão zunindo por toda parte. Os soldados alemães entram e saem correndo dos prédios. Ouço tiros a distância.

Entro escondido em um apartamento vazio.

Nenhuma aspirina.

Tento a porta ao lado.

Aqui tem. Um pote inteiro.

Mas ainda não acabei. Tenho que encontrar outra coisa.

Todos os apartamentos nesse quarteirão parecem vazios. Consigo ouvir os nazistas lá embaixo na rua, mas não vi nenhum judeu.

Entro escondido no corredor de outro apartamento vazio, segurando a vela na minha frente para não tropeçar em nenhum brinquedo, objetos de decoração ou fotos jogadas no chão.

Mais tiros ao longe.

Esse vai ser o último apartamento. Se não achar o que quero aqui, vou desistir.

Fecho os olhos ao entrar na cozinha. Abro-os lentamente. Depois de ontem, nunca mais vou conseguir entrar em uma cozinha de olhos abertos.

Está tudo bem nessa aqui, a não ser por uma mancha escura no chão que pode ser apenas molho de carne.

Eu a ignoro e começo a abrir os armários.

Nada nos de cima.

Eu me inclino e começo a abrir os de baixo. A correntinha que Zelda me deu fica batendo nas portas dos armários. Eu a jogo por cima do ombro para que fique pendurada para trás.

132

Ainda faltam dois armários.

Por favor, Deus, Jesus, Maria e o papa, se vocês ainda estiverem do nosso lado, que este seja o armário certo.

Sim.

Bem ali, ao lado de uma batata mofada, algo que vai ajudar tanto a Zelda quanto uma aspirina.

Uma cenoura.


Sei que preciso sair daqui o mais rápido que puder. Sei que preciso descer depressa as escadas e sair correndo pelas ruas escuras até o porão para que Zelda tome logo uma aspirina e uma sopa de cenoura.

Mas ainda não posso.

Não agora que vi esse quarto.

Ele é igual ao quarto que eu tinha em casa.

O papel de parede é igual, a lamparina para leitura é igual, as estantes são iguais. A única diferença é que aqui tem seis camas espremidas.

Essas crianças têm até alguns livros iguais aos meus.

Passo por cima das camas, encontro um espacinho no chão e tiro um livro da estante. *Just William*, de Richmal Crompton. Ainda é um dos meus livros preferidos de todos os tempos. E agora provavelmente um dos preferidos do Dodie. Ao abri-lo tento não me lembrar de quando meus pais o liam para mim.

Em vez disso, leio um pouco. Uma parte que fala do cachorro de William. Ele se chama Jumble e é um vira-lata, mistura de uns cem cachorros diferentes, e William ama o cachorro mesmo quando ele faz xixi nas botas novas do seu dono.

Meus pais disseram que um dia eu poderia ter um cachorro como o Jumble.

Pare com isso.

Pare de pensar neles.

William está treinando Jumble para ser pirata. É isso que eu adoro no William. Ele sempre tem esperança, e não importa se as coisas estão muito ruins, não importa se o seu mundo está de cabeça para baixo, a mãe e o pai dele nunca morrem.

Nunca.

Sei que eu deveria voltar, mas não consigo me levantar agora. Tudo o que eu consigo fazer é ficar sentado aqui no chão com o *Just William* e a cenoura da Zelda, pensando na minha mãe e no meu pai e chorando.

Que barulho é esse?

Está escuro. A vela deve ter apagado. Ai, não, eu devo ter adormecido no chão.

De novo o mesmo barulho, meio abafado. Um cachorro rosnando.

Jumble?

Não, tem alguém no apartamento.

Várias pessoas. Um som abafado de botas. A luz de tochas. Homens gritando em outra língua.

Soldados nazistas.

Onde eu me escondo?

Debaixo das camas. Não. Em todas as histórias que já li, quando alguém se esconde debaixo da cama acaba sendo descoberto.

Já sei. Debaixo dos livros.

Deito perto da estante e a empurro para a frente, assim todos os livros caem em cima de mim. Com a mão, arrumo os livros para eles cobrirem as partes do meu corpo que ficaram aparecendo. Não é fácil fazer isso no escuro. Rezo a Richmal Crompton para que eu não tenha esquecido nenhuma parte. Então deslizo a mão para baixo da pilha e fico imóvel.

Uma pancada.

Abrem a porta do quarto com um chute.

No meio dos livros vejo um relance da tocha de luz.

Prendo a respiração. Ouço outra pessoa respirando. Depois, alguns passos saindo do quarto.

Espero.

Mais pancadas e gritos nos outros quartos. Cachorros latindo. E se afastando. Acho que eles foram embora.

Espero mais.

Não ouço mais ninguém.

Saio de baixo dos livros. Acendo um fósforo e encontro o *Just William* para a Zelda e para as outras crianças. Depois, corro. Pelo corredor. Para a escada. Desço os degraus. Derrapo nas roupas e nos sapatos que foram jogados por toda parte. Desvio das panelas. E dos instrumentos musicais.

Ai, não! Tropecei.

Estou caindo.

Ui.

Rápido, levante-se. Acho que não me machuquei. Pego meus óculos. A cenoura e as aspirinas estão no bolso. *Just William* na mão.

Não foi tão mal como poderia ter sido. A não ser pela tocha que de repente ofusca meus olhos e vem da porta de um dos apartamentos do térreo.

É um soldado nazista.

Está gritando comigo. Carrega uma pilha de roupas e outras coisas em uma caixa contra o peito. Ele aponta a tocha para mim e vem se aproximando.

Ergo as mãos para mostrar que não estou armado.

O soldado prende a tocha embaixo do queixo.

Ele precisa de uma mão livre para quê?

Para segurar sua arma?

Não, é para pegar o *Just William* de mim. Ele olha o livro, franzindo as sobrancelhas. Guarda na caixa. Agora está olhando para outra coisa. Para o meu peito. O pingente de Zelda está quebrado e pendurado na correntinha em duas metades. Ele dá uma olhada e sinto um odor de bebida e de fumo saindo da sua narina peluda.

Então ele solta o pingente e se vira e volta para o apartamento e começa a gritar. Acho que ele está chamando alguém. Talvez um fã de William.

Não espero para saber.

A porta que dá para a rua de trás está aberta. Eu me lanço por ali mesmo e saio correndo pela rua até chegar na seguinte, passando de uma rua para outra, sem parar, indo pelas mais estreitas, onde não cabe tanque nem viatura nenhuma de soldado nazista carregado de coisas que saqueou de algum lugar.

Só paro quando me vejo em uma rua maior vazia e silenciosa, iluminada pela luz da lua.

Eu me encosto em um muro, recuperando o fôlego, e olho para o pingente da Zelda para ver o que interessou tanto o soldado.

Uma metade do pingente está vazia.

Na outra metade tem uma pequena fotografia. Um homem e uma mulher de pé na frente de uma bandeira da Polônia. Devem ser os pais de Zelda. Seu pobres pais assassinados. A mulher tem o cabelo como o da Zelda, só um pouco mais curto, e o rosto é parecido com o da menina, com uns anos a mais.

Limpo a mancha que ficou na foto do dedo engordurado do nazista e vejo mais nitidamente o rosto do pai de Zelda e as roupas que ele está usando, e quase perco o ar, embora ainda esteja recobrando o fôlego.

O pai de Zelda está usando um uniforme.

Um uniforme nazista.

Obrigado, Deus, Jesus, Maria, o papa e Richmal Crompton. Pensei que nunca fosse conseguir encontrar o caminho de volta, mas agora sei onde estou.

Essa é a rua que fica ao lado do nosso porão.

Se conseguir virar a esquina sem que nenhuma patrulha nazista apareça, estarei no porão em um instante, e Zelda vai tomar a sopa de cenoura e a aspirina.

Eu sei o que vocês estão pensando, Deus e Richmal e todos os outros. Se o pai de Zelda é nazista, será que ela merece a sopa de cenoura e a aspirina?

Sim.

Ela não tem como controlar o que o pai dela fez. Além do mais, agora ele está morto e a mãe também, e eu não sei se ela tem algum outro parente vivo, mas depois de tudo o que a gente passou junto eu sou praticamente parente dela e posso dizer que ela merece.

Ai, não, estou ouvindo caminhões. E soldados gritando. E cachorros latindo.

Onde eles estão?

Olho em volta, desesperado.

Eles não estão nesta rua.

Eu me agacho encostando em um prédio na esquina e espio a rua.

Ai.

Os caminhões estão estacionados na frente do nosso prédio.

Ai.

Os soldados nazistas estão apontando as armas para o portão da gráfica. Os cachorros avançam esticando as coleiras e rosnando. Eles não são como o Jumble. Eles não têm mistura, são de uma única raça.

Matadores.

Alguém deve ter dedurado a gente para os nazistas. Provavelmente alguém com uma dor de dente que o Barney não conseguiu curar.

Como eu faço para conseguir avisar ao Barney e às crianças? Como entrar lá sem ser visto e ajudar o Barney a encontrar uma saída secreta que os nazistas não conheçam para tirar as crianças de lá, se for preciso até disfarçadas, e...

Tarde demais.

Ouço outros soldados gritando e outros cachorros latindo dentro da gráfica.

Ouço as crianças gritando.

Não me importo mais se alguém me vir.

Saio correndo para o porão.

Uma vez os nazistas encontraram nosso porão. Eles nos arrastaram de lá e nos obrigaram a ir andando pelo gueto apontando as armas para nós.

— Barney — sussurrei —, para onde vão levar a gente?

Barney não responde imediatamente. Entendo o seu motivo. Ele carrega o pequeno Janek no colo e Henryk está agarrado na sua mão e as crianças estão em grupo em volta dele, algumas quase chorando e ele não quer deixar todo mundo ainda mais preocupado. Ruth perdeu a escova de cabelo. Os nazistas não deixaram Jacob trazer o ursinho dele. Ao menos o Moshe conseguiu trazer seu pedaço de madeira para mastigar. Por fim, Barney diz:

— Nós vamos para a estação de trem.

— Vai ter água para a Zelda lá? — pergunto.

— Sim — responde ele.

Espero que tenha mesmo. Ela está nas minhas costas, quente e molinha, e começou a amanhecer, e se eu não conseguir dar a aspirina para ela, logo ela vai arder de febre.

— A estação fica muito longe daqui? — pergunto ao Barney.

— Ânimo, pessoal — diz Barney, me ignorando. — Vai ser um lindo dia de verão. E nós vamos fazer uma excursão. Temos que aproveitar. Todo mundo trouxe a escova de dentes?

As crianças levantam suas escovas de dentes.

Os soldados nazistas estão olhando. Provavelmente eles nunca tinham visto antes uma escova de dentes que não quebra.

— Eu perdi a minha escova — sussurra Zelda no meu ouvido.

— Tudo bem, eu empresto a minha — respondo.

Fiquei muito feliz por ter conseguido entrar no porão e pegar a Zelda e as minhas coisas antes de os nazistas me arrastarem. Mesmo que a Zelda seja muito pesada, e desconfio de que a estação fique bem longe daqui. Quando adultos partem alegres em uma viagem, significa que vai levar um bom tempo para chegar ao seu destino.

Também pode significar que quando chegar lá você será morto.

Viro a cabeça e dou um beijo na bochecha da Zelda, assim ela não vai saber que estou tendo esses pensamentos horríveis.

Tem uma coisa me deixando muito confuso.

Se os nazistas vão nos matar, por que não fizeram isso no porão? Teria sido mais fácil para eles. Agora precisam nos obrigar a marchar debaixo do sol quente. Eles parecem estar de mau humor nesses uniformes pesados.

Agora entendo.

Eles querem que as pessoas nos vejam. Outros judeus que estejam escondidos nos prédios dessas ruas. Eles vão espiar e nos ver e saber que é inútil se esconder e assim decidir que também devem se entregar.

Eu me endireito e tento mostrar que ainda tenho alguma esperança.

Sabe quando as coisas estão muito ruins e você sente vontade de se encolher e se esconder, mas em vez disso você respira fundo várias vezes e o ar chega à sua cabeça e isso o ajuda a pensar melhor?

É isso que está acontecendo comigo.

Acabei de ter uma ideia para salvar a vida de Zelda.

— Zelda — sussurro —, está vendo a correntinha que você me deu aqui no meu pescoço?

— Sim — responde ela.

— Quero que você pegue de volta e coloque no seu pescoço — digo.

Ela não faz nada.

— Eu dei para você — diz ela.

— Por favor — insisto. — É muito importante.

Ela hesita.

— É um presente lindo — digo. — Que me faz não ficar tão triste em relação aos meus pais. Mas agora eu queria que você a pegasse de volta. Por favor.

Zelda ainda hesita. Depois sinto seus dedinhos quentes pegando a corrente.

O pátio da ferrovia está cheio de judeus em pé e sentados em filas, esperando para pegar um trem tão comprido que não consigo ver onde ele começa nem onde termina.

— Uau — diz Henryk. — Nunca andei de trem.

Várias outras crianças dizem a mesma coisa.

— Já vamos embarcar — diz Barney. — Quem está animado?

Todas as crianças levantam as mãos, menos Moshe, que fica só mastigando seu pedaço de madeira, e Zelda, que está pendurada no meu pescoço.

Que bom que as outras crianças estão animadas, assim elas não estão vendo o que eu acabei de ver depois de limpar os óculos.

Alguns soldados nazistas com cachorros estão empurrando as pessoas para dentro do trem de um jeito muito agressivo. Não é um tipo de trem normal. Os vagões são enormes caixas com portas de correr. Algumas pessoas não querem entrar e os soldados nazistas batem nelas com cassetetes e chicotes.

Mais ou menos na metade da nossa fila uma mulher desmaia no chão.

Um soldado nazista caminha até ela e atira.

**Ai.**

— Não! — grita Ruth.

— Façam uma barraca — pede Barney. — Todos vocês façam uma barraca.

Chaya, Jacob e Barney tiram seus casacos e nós nos juntamos e erguemos os braços para cima, e Barney joga os casacos por cima de nós.

Eu não consigo erguer os braços, pois estou com Zelda nas costas.

Barney alcança no bolso do seu casaco por cima da gente a garrafa de água que o sr. Kopek me deu. Está cheia de novo. Barney a entrega para as crianças.

— Um gole para cada um — diz ele. — Felix, você conseguiu pegar a aspirina?

Faço que sim com a cabeça.

Barney pega Zelda nos braços.

— Amasse duas aspirinas até virarem pó.

Eu trituro as aspirinas na palma da mão com o polegar. Barney presta atenção para que cada criança tome apenas um pequeno gole para poder sobrar um pouco na garrafa.

— Coloque o pó na garrafa e agite — ordena ele.

Eu agito e passo a garrafa para o Barney. Ele dá para a Zelda.

— Não tem um gosto muito bom, mas você precisa tomar — diz ele.

Ela toma, fazendo uma careta.

Enquanto ela está tomando, me aproximo de Barney.

— Veja isso — digo.

Mostro a ele o pingente ao redor do pescoço de Zelda. Ele observa a foto dos pais dela. Mesmo dentro do calor melancólico da nossa barraca, percebo que ele entendeu o que aquilo quer dizer. Chaya também.

— Detesto os poloneses que se juntaram aos nazistas — resmunga ela.

Barney solta um suspiro.

— A resistência polonesa deve ter matado os pais dela — diz ele baixinho.

Eu não sei o que significa resistência, mas não está na hora de aprender palavras novas. Tem algo muito mais urgente que a gente precisa fazer.

— Temos que avisar a alguém — digo.

Barney concorda.

— Fiquem na barraca — diz ele aos outros. — Já voltamos.

Barney, Zelda e eu engatinhamos para fora da barraca.

Eu procuro no pátio da estação alguém para contar isso, alguém que possa salvar a Zelda.

E, de repente, vejo.

Obrigado, Deus, Jesus, Maria, o papa e Richmal Crompton, no fim das contas vocês estão do nosso lado.

É o oficial nazista de quem o Barney tratou. Aquele que queria contar a minha história africana para os filhos. Pego o caderno dentro da camisa e arranco as páginas com a história africana. Ela está pela metade, mas os tempos são duros, tenho certeza de que ele entenderá.

Começo a andar na direção dele.

Barney me segura.

— Se você sair da fila em um lugar desses, vai levar um tiro — explica ele.

— Desculpe — falo.

Foi uma idiotice, eu não estava pensando.

— Com licença — grito para o oficial nazista, mostrando as páginas. — Sua história está aqui comigo.

Primeiro, ele não ouve, mas eu grito outra vez até o Barney me obrigar a parar, e quando um soldado vem e começa a gritar ainda mais alto, apontando uma arma para a minha cabeça, o oficial olha e vê as páginas que estou mostrando e ele próprio vem.

Ele manda o outro soldado embora.

— Aqui está — digo. — A história que você queria.

Entrego as páginas para ele. Ele pega, olha, sorri, dobra e guarda no bolso.

— Além disso — digo —, tem outra coisa.

Aponto para o pingente pendurado no pescoço de Zelda.

Barney coloca a mão no meu braço. Lembro que o oficial nazista não fala polonês.

O oficial olha para o pingente. Barney o levanta para que ele possa ver melhor e então começa a se dirigir ao oficial em alemão.

— São minha mãe e meu pai — diz Zelda baixinho para o oficial. — Eles estão mortos. A *assistência* polonesa matou os dois.

O oficial nazista olha para a foto durante um bom tempo. Depois olha para Zelda e para Barney e para mim e para a barraca.

Ele aponta para Zelda e Barney e depois aponta para o portão do pátio.

Boa.

O oficial está dizendo que os dois podem ir.

Barney fala com ele algo em alemão, apontando para mim e para as outras crianças, que estão espiando debaixo da barraca. Ele deve estar perguntando se todos nós também podemos ir.

O oficial nazista balança a cabeça negativamente. Ele aponta outra vez para Zelda e Barney.

— Vá com a Zelda — digo ao Barney.

Barney me ignora. Ele diz mais coisas ao oficial. Eu não falo alemão, mas tenho certeza de que ele está implorando.

O oficial nazista balança a cabeça de novo dizendo que não. Ele está ficando com raiva.

— Vá com a Zelda — peço ao Barney. — Eu vou cuidar dos outros.

As outras crianças começam a gritar. Os soldados nazistas agarram e arrastam todo mundo para dentro do trem. Um deles começa a me arrastar.

Enquanto sou erguido para dentro do trem, vejo Barney colocando a mão de Zelda na mão do oficial. Barney vem correndo na nossa direção, gritando com os soldados para nos soltar. Zelda luta para se desprender do oficial nazista, chutando e gritando.

— Felix! — grita ela. — Me espera.

Agora não estou mais vendo Zelda. Estou em um dos vagões do trem, deitado no chão e em cima de outras pessoas. Agarro meus óculos. Henryk deita em cima de mim. As outras crianças também. Ruth está chorando. Chaya está segurando seu braço machucado. Jacob está com o pequeno Janek no colo. Outras pessoas estão sendo jogadas por cima da gente.

Por entre as pessoas, vejo Barney entrando no vagão, engatinhando até a gente e perguntando se todo mundo está bem.

— Zelda! — eu grito, esperando que ela consiga me ouvir no meio de toda a confusão. — Adeus.

Mas não tem despedida. Um soldado joga Zelda dentro do vagão em cima da gente. Depois fecha a porta de correr com um barulhão.

— Zelda — eu digo, em um tom de lamento. — Por que você não ficou lá?

— Eu mordi o nazista — diz ela. — Você não sabe de nada, não é?

A gente se abraça e deita tremendo.

Do lado de fora as pessoas estão berrando, os cachorros estão latindo e os soldados estão gritando, mas o barulho mais alto de todos vem dos tiros.

Bangue. Bangue. Bangue.

De repente me dou conta de que não são tiros. Percebo o que os soldados estão fazendo. Eles estão pregando as portas do trem.

Uma vez fui andar de trem pela primeira vez, mas não posso dizer que foi muito animado. Diria que foi sofrido e triste.

Tem tanta gente no vagão que tivemos que nos levantar e ficar de pé. Toda vez que o trem balança bruscamente, nós também balançamos e esmagamos uns aos outros.

— Desculpe — digo o tempo todo para as pessoas à minha volta.

Pelo menos as crianças menores conseguiram um lugar para se sentar. Nem todo mundo queria abrir espaço no começo, porque assim nós ficaríamos ainda mais esmagados, mas Barney conversou com as pessoas e então elas aceitaram.

— Desculpe.

Barney colocou todas as crianças para catar piolho umas das outras, ótima ideia. Estamos tão espremidos aqui dentro que um poderia passar piolho para o outro sem perceber. Além disso, nada faz o tempo passar mais rápido em uma viagem tão longa como catar piolho.

Zelda não está participando, está dormindo.

Por favor, Deus e os outros, que ela fique melhor.

— Desculpe.

Tento me encolher para dar espaço aos mais velhos. Deve ser horrível para eles. Eu sou jovem e estou acostumado a ficar sem comida, sem água e sem espaço.

— Desculpe.

— Pelo amor de Deus! — grita um homem ao meu lado. — Pare de pedir desculpas.

Barney olha durante um tempo para ele.

— Ele é só um menino — retruca Barney. — Pegue leve com ele.

O homem olha como se fosse explodir.

— Pegar leve? — diz ele. — Pegar leve? Quem está pegando leve com a gente?

Entendo bem como esse homem se sente. Estamos viajando há horas e esse trem não parou nenhuma vez, nem mesmo para irmos ao banheiro. As pessoas não podem segurar para sempre, e foi por isso que tivemos que começar a usar o canto do vagão.

Bom, Ruth, Moshe e três outras pessoas já foram. O restante está tentando segurar, porque não tem papel higiênico.

— Já chegamos? — pergunta Henryk, desviando os olhos do cabelo de Ruth.

— Tenha paciência — diz Barney, baixinho. — Não deixe o piolho escapar.

— Já estamos chegando? — quer saber Jacob, olhando por cima do cabelo ralo do pequeno Janek e piscando esperançoso.

— Shhhh — diz Barney.

Já sei com o que ele está preocupado. As pessoas que detestam "desculpe" também devem odiar "já chegamos?". Principalmente as pessoas que não querem pensar em outras três palavras.

As três palavras que Barney usou uma vez.

Campo de extermínio.

— Desculpe — diz uma senhora lutando para passar no meio da gente e ir ao canto feito de banheiro. — Desculpe, preciso muito.

Os que conseguem viram o rosto para o outro lado para dar a ela um pouco de privacidade.

Coitada.

Não ter papel higiênico não é tão ruim se você é jovem e morou em um orfanato bem longe do comércio e se acostumou a ter que às vezes deixar a sujeira do cocô secar. Mas deve ser difícil para pessoas mais velhas acostumadas à tradição.

Começo a imaginar se minha mãe e meu pai tiveram que encarar essa viagem sem papel higiênico.

Não quero nem imaginar os dois fazendo essa viagem. Ou chegando e saindo do trem e...

Por favor, imploro à minha imaginação, me dê alguma coisa diferente para pensar. Não vou conseguir ajudar o Barney a cuidar das crianças se me deixar levar por essa enorme tristeza.

De repente tenho uma ideia.

Como não pensei nisso antes?

Depois de um grande esforço para me desvencilhar dos cotovelos de outras pessoas que estão no meu peito, consigo tirar o caderno de dentro da minha camisa e arrancar algumas páginas em branco.

— Tome — digo para a mulher no canto. — Use isso aqui.

As outras pessoas passam as folhas para a mulher, e quando ela vê o que é começa a chorar.

— Está tudo bem — digo. — Não escrevi nada nas folhas.

Barney aperta meu braço.

— Muito bem, Felix — elogia ele.

Várias pessoas levantam as mãos pedindo papel e eu arranco mais folhas para elas também. Agora só restaram páginas com histórias. Histórias sobre a minha mãe e o meu pai.

Olho para as pessoas se agachando no canto e vejo o alívio nos rostos delas.

Meus pais entenderiam.

Arranco o resto das páginas do meu caderno e vou me contorcendo pelo meio de todo mundo até chegar no canto feito de banheiro. Seguro um parafuso de metal preso em uma tábua na parede. Se eu empurrar as folhas no parafuso, elas ficam penduradas e as pessoas podem arrancar uma página ou duas quando precisarem.

O parafuso se solta na minha mão.

A tábua de madeira está podre.

Eu chuto a tábua e parte do meu pé atravessa a parede do trem.

— Barney! — grito.

As pessoas estão olhando para o que eu acabei de fazer. Dois homens tiram meu pé de dentro da tábua e começam a chutar a madeira. Com botas enormes eles conseguem fazer um buraco bem maior.

Barney e os homens puxam com as mãos a tábua ao lado do buraco e mais parafusos voam da madeira, e de repente a tábua inteira cai.

Consigo ver o campo verde passando bem rápido.

Um dos homens tenta se enfiar no buraco.

— Espere — diz Barney. — Temos que aumentar o buraco. Se você passar por aí vai acabar caindo nos trilhos. Você tem que conseguir pular sem nada em volta.

Todo mundo se espreme para dar mais espaço para Barney e os homens. Barney força a tábua contra o buraco e os homens a empurram até ficarem com o rosto vermelho de tanta força que fazem.

Uma segunda tábua se parte e os homens chutam os pedaços. Fazem a mesma coisa com a terceira.

— Está bom! — grita um dos homens.

Ele dá uns passos para trás e pula pelo buraco. O segundo homem salta em seguida.

— Vamos! — alguém grita. — Estamos livres.

Mais pessoas começam a se lançar pelo buraco.

Agarro Barney.

— Será que os nazistas não vão parar o trem e pegar um por um? — pergunto a ele.

Barney faz que não com a cabeça.

— Eles não deixarão que nada atrapalhe o horário previsto para o trem chegar. Eles não precisam parar.

Todos congelamos, perplexos, ao ouvir tiros ecoando pelo trem.

Muitos tiros.

— Eles têm metralhadoras em cima do trem — explica Barney, abraçando as crianças para perto dele. — É mais fácil do que parar o trem.

As pessoas começam a espiar pelo buraco tentando ver o que aconteceu aos que pularam.

— Vejam! — grita uma mulher. — Alguns conseguiram! Estão correndo pela floresta. Estão livres.

Agarro Barney de novo

— Precisamos arriscar — digo.

Percebo que Barney não concorda. Entendo o motivo. Henryk e Janek estão chorando. Ruth e Jacob estão grudados um no outro, apavorados. Moshe parou de mastigar a madeira.

Eu me agacho e, com a voz mais calma que consigo, conto uma história para eles. É uma história sobre umas crianças que pulam de um trem e caem em um lindo campo, então um fazendeiro leva todos para casa e elas vivem felizes na fazenda com a família do fazendeiro e viram especialistas em plantar legumes, e no ano de 1972 inventam uma cenoura que cura todas as doenças.

Tiro a cenoura da Zelda de dentro do meu bolso para mostrar que é possível.

Mas percebo que a maior parte deles não fica convencida.

— Felix — diz Barney —, se você quiser arriscar, não vou impedir. Mas preciso ficar com os que não querem ir.

— Não — digo, suplicando. — Todos nós temos que pular.

— Eu não quero — diz Ruth, grudando-se no Barney.

— Eu não quero — diz Jacob.

— Eu não quero — repete Henryk.

— Eu não quero — repete Janek.

Isso não é nada bom. Eu sei que não vou fazer ninguém mudar de ideia. Não dá para forçar as pessoas a acreditar em uma história. E estou vendo que o Barney nem quer tentar. Algumas pessoas correriam o risco de deixar as crianças levarem tiros de metralhadora e quebrarem o pescoço, mas Barney não.

— Eu quero — diz uma voz, e uma mãozinha quente aperta a minha.

Zelda.

— Tem certeza? — pergunta Barney, colocando a mão na testa dela.

— Sim — responde Zelda.

— Você está doente — retruca Ruth.

— Estou me sentindo melhor — responde Zelda.

Barney parece não ter muita certeza.

— Ela quer arriscar, Barney — digo.

— Está vendo? — diz Zelda. — O Felix me entende.

Chaya entrega a mão do pequeno Janek para Barney.

— Eu também quero arriscar — diz ela.

Barney olha para ela um instante.

— Está bem — diz ele calmamente. — Alguém mais?

As outras crianças balançam a cabeça. Não querem.

Confiro se as cartas da minha mãe e do meu pai estão intactas dentro da minha camisa. E minha escova de dentes. Então abraço a Ruth, o Jacob, o Henryk, o Janek e o Moshe.

E o Barney. Agora que meus braços estão em volta dele, não quero nunca mais largá-lo.

Mas tenho que ir.

— Se você vir minha mãe e meu pai, você diz que eu amo os dois e que eu sei que eles fizeram tudo o que podiam? — pergunto.

— Claro — diz Barney.

Ele tem os olhos marejados como os meus.

— Obrigado — digo.

Toco na barba dele um instante e ouço, atrás de nós, algumas pessoas chorando no vagão.

Barney abraça a Zelda e a Chaya. Elas abraçam as outras crianças.

— Só temos direito a dois pedidos dessa vez — digo para os que estão ficando. — Mas ao menos podemos escolher.

Moshe, mastigando de novo, sorri com tristeza.

Dou a mão a Zelda de um lado e a Chaya do outro e nós pulamos.

UMA VEZ caí em um campo em algum canto da Polônia, sem saber se estava vivo ou morto.

Sabe quando você pula de um trem em movimento e os nazistas atiram em você com metralhadoras e você vê pontas afiadas de galhos de árvores vindo na sua direção, e depois você cai no chão com tanta força que sente que sua cabeça arrebentou e as balas atravessaram seu peito, e você não vai sobreviver nem se rezar para Deus, Jesus, Maria, o papa e Richmal Crompton?

É isso que está acontecendo com a Chaya.

Ela está deitada ao meu lado na grama, sangrando e sem respirar.

Chego perto dela e encosto no seu rosto. Quando me sentir melhor, vou tirar a Chaya de perto da linha do trem e levá-la para algum lugar mais calmo. Para debaixo daquela árvore ali com flores silvestres ao redor.

Zelda também está deitada ao meu lado. Chegamos perto um do outro e observamos o trem indo embora ao longe.

— Está tudo bem? — pergunto.

— Sim — responde ela. — E com você?

Eu faço que sim com a cabeça. Meus óculos também estão inteiros.

— Que sorte — diz ela com tristeza.

— É mesmo — concordo.

Penso em Barney e me lembro do que tinha no bolso do casaco dele quando nos abraçamos agora há pouco.

Seringas de metal.

Sei que ele não vai deixar as outras crianças sentirem dor. Ele é um ótimo dentista. Vai contar a elas uma história sobre dormir em paz por um longo tempo, e será uma história verdadeira.

Eu não sei como vai ser o fim da minha história.

Ela pode acabar em alguns minutos, ou amanhã, ou no ano que vem, ou eu posso me tornar o escritor mais famoso do mundo no ano de 1983 e morar em uma confeitaria com meu cachorro chamado Jumble e minha melhor amiga Zelda.

Não importa o que aconteça, nunca me esquecerei da sorte que tenho.

Barney dizia que todo mundo merece ter alguma coisa boa na vida pelo menos uma vez.

Eu tive.

Mais de uma vez.

# Querido leitor,

Esta história é fruto da minha imaginação, mas foi inspirada em fatos reais.

Entre 1939 e 1945, o mundo enfrentou uma guerra, e o chanceler da Alemanha, Adolf Hitler, tentou destruir o povo judeu na Europa. Seus seguidores, os nazistas, e os que o apoiaram mataram 6 milhões de judeus, entre eles 1,5 milhão de crianças. Também mataram muitas outras pessoas, como as que ofereceram abrigo aos judeus. Chamamos essa época de Holocausto.

Meu avô era judeu, nasceu na Cracóvia e depois foi para a Polônia. Ele foi embora de lá antes da guerra, mas parte da sua família permaneceu lá e quase todos morreram.

Há dez anos li um livro sobre Janusz Korczak, um médico polonês judeu e autor de livros infantis que dedicou a vida a cuidar de jovens. Por muitos anos ele ajudou a dirigir um orfanato com 200 crianças judias. Em 1942, quando os nazistas assassinaram esses órfãos, ofereceram liberdade para Janusz Korczak, mas ele preferiu morrer com as crianças a abandoná-las.

Janusz Korczak virou meu herói. A história dele plantou uma semente na minha imaginação.

Enquanto escrevia esta história, li inúmeras outras, entre diários, cartas, anotações e memórias das pessoas que eram jovens na época do Holocausto.

Muitas dessas pessoas morreram, mas algumas histórias sobreviveram, e você pode chegar até elas visitando meu site ou lendo os comentários dos leitores de *Uma vez* no site da editora Puffin.

Esta história é a minha imaginação tentando compreender o inimaginável.

Os relatos das pessoas que estiveram lá são as histórias reais.

Morris Gleitzman
Maio de 2005

www.morrisgleitzman.com
www.puffin.com.au

Este livro foi composto na tipologia Minion Pro Regular, em corpo 11/16,5, e impresso em papel off-white no Sistema Cameron da Divisão Gráfica da Distribuidora Record.